KB045947

나루세는 천하를 잡으러 간다

나루세는 천하를
잡으러 간다

미야지마 미나

민경욱 옮김

소미미디어
Somy Media

한국 독자 여러분, 처음 뵙겠습니다. 미야지마 미나입니다. 저는 1983년에 시즈오카현 후지시에서 태어났습니다. 고향에서는 후지산이 잘 보인답니다.

《나루세는 천하를 잡으러 간다》는 저의 소설가 데뷔작입니다. 일본에서는 누계 발행 부수가 수십만 부를 넘는 베스트셀러가 되었지요.

저는 소설가를 초등학교 때부터 목표로 했었지만, 20대에 들어서서는 '나는 소설가가 될 재목이 아니지 않을까'라는 생각에 서서히 포기하고 있었습니다. 하지만 30대 중반에 이르러 그 꿈을 다시 좇기 시작했어요.

그건 경사스럽게도 신초샤(新潮社)가 주최하는 '제20회 여자에 의한 여자를 위한 R-18 문학상'을 수상하고 출판하게 되었기 때문입니다.

'여자에 의한 여자를 위한 R-18 문학상'이란 응모 자격을 여성으로만 한정한 상입니다. 글쓴이의 감성을 살린 소설을 모집하고 있어 과거에는 구보 미스미, 아야세 마루, 마치다 소노코와 같은 인기 작가를 발굴한 문학상이기도 하지요.

저도 이 R-18 문학상 출신 작가의 작품을 재밌게 읽고 있었기에 우선은 가벼운 마음으로 응모해 보았습니다. 1차 전형만이라도 통과했으면 좋겠다고 생각했는데 무려 최종 후보로 남았지 뭐예요.

그때는 아쉽게도 낙선했지만, 네 번째 도전에서는 R-18 문학상 대상과 독자상, 우정(友近)상을 모두 받아 3관왕이 되어 화제가 되었습니다.

R-18 문학상은 단편 작품에 대한 상이어서 당시에는 제

1화 〈고마웠어! 오쓰 세이부백화점〉밖에 존재하지 않았습니다. 단행본으로 출판하기 위해서는 이 이야기의 뒤를 써야 했어요. 그래서 편집자와 상의하면서 나머지 다섯 편을 집필하게 되었습니다.

저는 다음 이야기를 쓸 때 의식한 부분은 밝고 즐거운 작품이어야겠다는 생각이었습니다. 집필 중에는 코로나 사태가 한창이었어요. 그러다 보니 행사가 취소되거나 외출이 제한되는 등 다양한 불편을 겪었습니다. 그래서 소설 안에서만이라도 즐거운 기분을 느낄 수 있었으면 좋겠다고 생각했어요. 그래서 독자분께서 '나도 모르게 웃어 버렸다'라는 소감을 주실 때는 매우 기쁘기도 했지요.

이 작품에서 많은 사랑을 받은 캐릭터는 '나루세 아카

리'입니다. 주위의 시선에도 아랑곳하지 않고 자신이 하고
싶은 일에 돌진하는 모습이야말로 최고의 주인공다웠지
요. 나루세처럼 살고 싶지만 그렇지 못한 사람이 주변에 많
습니다. 그런 소망을 투영할 수 있는 존재가 되었으면 좋겠
다는 뜻에서 이 이야기를 썼습니다.

읽으신 분들이 자주 '나루세 아카리의 실존 모델이 있나
요?'라고 물어보시는 데 구체적인 모델은 없습니다. 하지만
분명 여러분 주위에도 나루세를 닮은 사람이 있지 않을까
요.

일본에서는 2024년 1월에 《나루세는 천하를 잡으러 간
다》의 속편인 《나루세는 믿었던 길을 간다》의 출간이 예정
되어 있습니다. 그 후에도 나루세 아카리의 역사를 계속

쓸 구상과 소재가 있고, 다른 출판사와도 다른 주제로 독자들을 찾아가려고 준비하고 있습니다.

그러므로 우선 《나루세는 천하를 잡으러 간다》를 즐겨주시면 감사하겠습니다.

미야지마 미나

추천사

이 추천사를 쓸 수 있어서 기쁘다. 나루세는 내가 만난 인물 중에 가장 괴짜지만(2백 살까지 사는 게 목표라니!), 괴짜 중에서는 가장 귀여운 괴짜일 것이다.

솔직히 나루세 같은 친구와 한 반이 되면 시마자키처럼 편견 없이 바라볼 자신이 없다. 시마자키는 "무엇보다 나는 나루세 아카리 역사를 지켜볼 뿐 그의 역사에 이름을 남길 마음은 없다"면서 나루세를 응원한다. 사랑스런 괴짜와 그를 지지해주는 친구 덕에 책을 읽는 내내 마음이 몽글몽글해진다. 나루세가 44년 만에 문을 닫는 오쓰 세이부백화점에 매일 가는 이유를 알게 된다면, 분명 독자도 나루세(의 괴짜 행동)를 응원하고 싶어질 것이다.

이선주 작가

낯선 호흡으로 이뤄진 아주 묘한 매력의 소설이다. 그 낯선 호흡에 나의 호흡을 맞추는 흔치 않은 귀한 경험을 해보길 바란다. 그러고 나면 낯익고 익숙해서 특별한 줄 몰랐던 일상 곳곳에서 낯선 틈들을 발견하게 되고 그 틈마다 삶을 근사하게 만드는 작은 모험들이 가득하다는 걸 깨닫게 될 테니. 타인의 시선이나 비웃음 따위 개의치 않고 평생 꺼내보며 호쾌하게 웃고 호탕하게 힘낼 수 있는 순간을 쟁취하는 나루세 같은 사람들의 이야기는 늘 얼마나 큰 용기를 주는지. 그런 나루세의 독특함을 알아보고 지켜내고 성장해가는 주변인들을 보면 왜 심장이 뛰는지. 이런 사람들과 함께 까짓거 나도 천하를 잡으러 가겠다는, 생각만으로도 가슴이 탁 트이는 꿈을 품게 하는 책이다. 함께 읽고 우리 모두 천하를 잡으러 가자!

김혼비 작가

목차

나루세는 천하를
잡으러 간다

"시마자키, 나는 올여름을 세이부에 바칠까 한다."

1학기가 끝나는 날인 7월 31일, 하굣길에 나루세가 또 이상한 말을 꺼냈다. 언제나 나루세는 괴짜다. 14년에 걸친 나루세 아카리의 역사 대부분을 가까이에서 지켜본 내 말이니 틀림없다.

나는 나루세와 같은 아파트에서 태어나고 자란 평범한 사람, 시마자키 미유키라고 한다. 사립 아케비유치원에 다닐 때부터 나루세는 다른 유치원생들과는 완전히 달랐다. 누구보다 빨리 달리고 그림도 노래도 잘하고 히라가나

17

도 가타카나도 정확하게 썼다. 누구나 "아카리는 정말 대단해!"라고 요란을 떨었으나 정작 본인은 전혀 개의치 않고 담담했다. 나는 나루세와 같은 아파트에 산다는 게 자랑스러웠다.

그러나 학년이 올라갈수록 나루세는 점점 고립되어 갔다. 혼자서 뭐든 잘하기 때문에 다른 이가 다가가기 어려웠다. 의도적으로 그런 건 아니었으나 주위 사람들이 부담스럽게 느낀 것이다.

초등학교 5학년이 되자 나루세는 주위 여학생에게 완전히 무시당하는 상태였다. 나도 같은 반이었으나 내 몸 바쳐 나루세를 지키지는 못했다.

어느 날, 아파트 현관에서 큰 짐을 짊어진 나루세와 마주쳤다.

"어디 가?"

무시하기도 그래서 물어보았다.

"시마자키, 나는 비눗방울 만들기로 끝까지 가보려 한다."

나루세는 그렇게 말하고 현관을 나갔다.

며칠 뒤, 나루세는 지역 TV의 저녁 프로그램 〈구루링와이드〉에 출연했다. 천재 비눗방울 소녀로 소개된 나루세는 부자들이나 기를 법한 커다란 개 정도 크기의 비눗방울을 만들어 날리며, 리포터를 맡은 지역 출신 개그맨에게 "섞는 풀의 비율이 중요해요"라고 설명했다.

다음 날, 같은 반 여학생 일부가 나루세를 둘러쌌고 방과 후에는 나루세의 강의로 비눗방울 교실이 열렸다.

중학교 2학년이 된 지금도 나루세는 다른 사람의 눈을 신경 쓰지 않고 마이페이스로 살고 있다. 다른 반이라 평소 어떻게 생활하는지는 모르지만, 눈에 띄는 괴롭힘은 없는 듯하다. 소속된 육상부에서는 죽어라 달리기만 한다고 들었다.

나는 같은 아파트에 산다는 대의명분 아래 나루세와 등하교를 함께하고 있다.

"여름을 세이부에 바친다고?"

"매일 세이부에 갈 거다."

나루세의 말이 무슨 소리인지는 알겠다. 우리가 사는 오쓰시의 유일한 백화점 오쓰 세이부백화점이 한 달 뒤 8월 31일에 문을 닫는다. 건물을 철거하고 그 부지에 아파트를 세운다고 한다. 44년의 역사에 막을 내리는 것이라 지역 주민 모두 애석해했다.

나도 어릴 때부터 종종 방문했다. 식품 슈퍼마켓 브랜드인 팬트리나 무인양품, 로프트*, 후타바서점 등이 있는데 교토의 제대로 된 백화점과 비교하면 평범한 상업시설 같은 느낌이다. 우리 아파트에서 걸어서 5분 거리라 초등학교 때부터 혼자 갈 수 있는 곳으로 허락받았다.

나루세의 부모님은 두 분 다 시가현 출신이라 오쓰 세이부백화점에 대한 추억도 많은 듯하다. 나루세의 어머니는 마침 오쓰 세이부백화점이 오픈한 해에 태어났고 히코네의 친정에 살 때부터 종종 백화점을 찾았다. 아파트를 사기로 한 결정적인 이유도 세이부와 가까웠기 때문이란다.

이에 반해 우리 부모님은 시가현 출신이 아니다. 따라서 세이부와 헤이와도**, 니시카와 다카노리***에 대한 시가현 사람 특유의 열정은 없다.

"세이부가 사라지면 아무것도 없는 거잖아."

요코하마 태생인 엄마는 노골적으로 시가를 깔보며 말했다. 세이부 옆의 오미오쓰테라스는 상업시설로 꼽지도 않는다.

---

* 일본의 대형 잡화점 체인
** 平和堂. 종합 슈퍼마켓 체인
*** 시가현 출신 유명 락 밴드 가수이자 배우

"8월이 되면 구루링와이드가 오쓰 세이부백화점에서 생중계를 시작한다. 거기에 매일 나올 테니까 시마자키는 TV를 매일 체크해줬으면 좋겠다."

구루링와이드는 시가현 유일의 지역 방송국 비와TV에서 17시 55분에서 18시 45분까지 방송되는 프로그램이다. 매일이라고 해도 주말이나 휴일은 쉬니까 횟수로 치자면 20회 정도일 것이다.

"나야 괜찮은데 녹화는 안 해도 돼?"

"이런 기획에 하드디스크 용량을 낭비해선 안 된다."

나로서는 하드디스크를 사용해 체크해야 할 일 같았으나 나루세의 기준은 알 수 없다.

"매일은 못 볼지도 몰라."

"볼 수 있는 날이면 된다. 잘 부탁한다."

내 나름대로 의리 있다고 자부하는 나는 집으로 돌아가자마자 TV 프로그램 편성표를 보며 월요일의 구루링와이드를 시청 예약했다. 나루세를 보는 게 내 역할이다.

나루세의 이야기는 언제나 스케일이 크다. 초등학교 졸업 문집에 쓴 장래 희망은 "2백 살까지 살겠다"라는 것이었다. 냉동보존과 인체 개조 등 무슨 시술을 받을 생각이려

니 했는데 아무것도 안 하고 오롯이 늙은 할머니로서 2백
살까지 살 생각이라고 했다.

기네스 세계기록이 122세임을 근거로 아무래도 2백 살
은 어렵지 않겠냐는 뜻을 전했다. 그러자 나루세는 눈 하
나 깜빡 안 하고 말했다.

"그 무렵에는 시마자키를 포함해 모두 죽을 테니까 확인
할 방법이 없잖은가?"

그 순간 나루세 아카리의 역사를 끝까지 지켜보지 못하
는 게 안타깝다는 생각이 들었다. 그와 동시에 최대한 나
루세를 옆에서 지켜보기로 맹세했다.

최근에는 기말고사에서 5백 점 만점을 받겠다고 선언했
다. 결과는 490점이었는데 설령 목표를 달성하지 못하더라
도 나루세는 침울해하지 않았다. 나루세의 말로는 큰 걸 백
개 얘기해 그중 하나라도 이루면 "그 사람 굉장해"라는 소
리를 듣게 된단다. 그러므로 날마다 말을 해서 씨를 뿌리는
게 중요하다는 것이다. 그게 허풍과 뭐가 다른지 물었더니
나루세는 잠시 생각한 다음 "마찬가지군"이라고 인정했다.

중계 첫날인 8월 3일, 시청 예약을 해놓고도 프로그램

시작 5분 전부터 소파에 앉아 TV를 켜고 기다렸다.

초등학교 5학년 때 이후 처음으로 구루링와이드를 가만히 앉아서 봤다. 즉 평소 관심을 가지고 보는 프로그램이 아니다. 천재 비눗방울 소녀 때는 학교도 취재에 협력해 종례 때 "오늘 저녁, 비와TV의 구루링와이드에 나루세가 나와요"라고 선생님이 알려주기도 했다. 그래도 나만 봤을 줄 알았는데, 다음 날 반 친구들의 반응을 보고 놀랐다.

17시 55분이 되어, 구루링와이드의 로고와 지나치게 경박한 배경음악이 흐르며 프로그램이 시작되었다. 광고주 이름이 쭉 뜬 다음, 바로 오쓰 세이부백화점에서의 중계가 시작되었다. 고객들이 자연스럽게 오가는 가운데 나루세만 TV에 나오려고 서 있었다. 어깨까지 늘어뜨린 검은 머리에 하얀 부직포 마스크, 검은 교복 치마와 하얀 양말뿐이었다면 그저 평범한 여중생이었을 것이다. 그런데 나루세는 이유도 없이 야구 유니폼을 입고 있었다. 가슴에 적힌 'Lions' 로고와 서 있는 장소로 추측하건대 세이부 라이언스의 유니폼이 분명하다. 이제까지 나루세에게 야구를 좋아한다는 소리는 한 번도 들어본 적 없다. 양손에는 응원 도구로 보이는 플라스틱 미니 야구 방망이를 하나씩 들고 있었다.

백화점 앞 전광판에는 '폐점까지 앞으로 29일'이라고 표시되어 있었다.

"여기서 폐점까지 카운트다운을 하겠습니다."

리포터가 말하는 옆에서 나루세는 똑바로 카메라를 보며 서 있었다. 리포터는 나루세를 좀 이상한 사람이라고 판단했는지 그녀를 완전히 무시하고 파란색과 초록색 물방울무늬가 그려진 종이봉투를 들고 백화점에서 나온 아주머니에게 마이크를 내밀었다.

"자주 찾던 곳이라 아쉬워요."

아주머니는 누구나 할 수 있는, 그러나 방송국의 기대에 백 퍼센트 부응하는 소감을 말했다.

"이상 오쓰 세이부백화점에서 중계했습니다."

리포터가 마무리하자 화면은 스튜디오로 바뀌었다.

나는 태블릿을 켜고 트위터에서 나루세를 언급한 사람이 없는지 대리 검색을 했다. 일단 '구루링와이드' '비와TV' '세이부' '라이언스'라는 단어로 검색했는데 해당하는 트윗은 보이지 않았다.

이후로도 프로그램이 끝날 때까지 구루링와이드를 봤

다. 행운의 여신이 주관하는 '여름철 복권을 사세요'의 홍보, 시가현 치과의사협회가 시행하는 '치아를 소중히 다룹시다'라는 계몽 방송, 나가하마에 새로 문을 연 테이크아웃 도시락 가게 정보에 이어 시청자의 사연 소개로 끝을 맺었는데 끝까지 오쓰 세이부백화점을 다시 연결하지는 않았다.

프로그램이 끝난 뒤 나루세가 우리 집을 찾아왔다. 녹화해뒀으면 좋았겠다고 생각했으나 나루세가 하드디스크 용량을 낭비해서는 안 된다고 했으니 내가 녹화하는 건 예의가 아닐 것 같았다.

"봐주었나?"

"제대로 나왔어. 그거 라이언스 유니폼이야?"

"맞다."

나루세는 배낭에서 유니폼을 꺼내 보여줬다. 등번호 1번으로, KURIYAMA라고 적혀 있다. 나루세도 인터넷으로 그냥 샀을 뿐 KURIYAMA가 어떤 사람인지는 모른다고 했다. 1번이니까 그만큼 중요한 선수일 것으로 판단했다고 했다.

"굉장히 이상하기는 했는데 눈에 띈 것만은 확실해."

"그랬으면 됐다."

기탄없는 의견을 전달하자 나루세는 만족스러워했다.

8월 4일도 거실 소파에서 구루링와이드를 시청했다. 근처 치과에서 접수 직원으로 일하는 엄마도 쉬는 날이라 같이 봤다.

"완전히 수상한 인물 같네."

엄마는 나루세가 화면에 나오자 크게 웃었다.

엄마도 어릴 때부터 가까이서 나루세를 봐온 사람이다. 내 앞에서 나루세를 나쁘게 얘기한 적은 한 번도 없으나 어딘가 '그 녀석은 괴짜야'라고 생각하는 분위기는 풍겼다. 최근에는 "아카리는 정말 웃겨"라고 말하며, 흥미롭게 여기는 듯하다.

"세이부가 문 닫을 때까지 매일 갈 것 같아."

"좋잖아. 미유키도 같이 나가봐."

엄마의 제안은 나로서는 전혀 예상치 못한 이야기였다.

"하지만 나는 유니폼도 없고."

"에이, 딱히 유니폼이 아니어도 괜찮잖아."

부끄러우니까 안 하겠다는 내게 엄마는 선글라스를 빌려주었다.

8월 5일, 나는 오쓰 세이부백화점으로 향했다. 나루세는 이미 유니폼을 입고 대기 중이었다.

"어이!"

나를 보자 아저씨 야구팬처럼 오른손을 들었다. 사회적 거리두기를 유지하려고 카운트다운 표시와 백화점 안내도를 끼고 2미터 정도의 거리를 뒀다.

"미우라 준* 같구나."

내가 선글라스를 끼자 나루세는 신이 난 듯 말했는데 미우라 준이 어떤 사람인지는 잘 몰랐다. 복장은 무난한 티셔츠와 데님 바지로, 나루세에게 최대한 묻어갈 수 있도록 행동했다.

중계의 이면을 보는 일은 신선했다. TV에서 본 여성 리포터의 목소리는 높고 쨍쨍했는데 촬영 현장에서는 의외로 목소리가 울리지 않았다. 리포터가 움직일 때마다 카메라맨도 따라 움직였다. 리포터는 유아차를 밀고 온 젊은 어머니에게 마이크를 내밀었다. 유아차에는 아카짱혼포**의 주머니가 매달려 있었다. 아마도 '오쓰 세이부백화점이 없어지면 불편해질 거예요'라는 감상을 말하는 듯했다.

---

* 일본의 유명 일러스트레이터
** 유아용품 체인점

스태프가 들고 있던 조명이 꺼지자 나루세는 재빨리 유니폼을 벗어 배낭에 넣었다.

"녹화했으니까 보러 와."

나는 내 모습을 확인하려고 하드디스크를 썼다. 나루세를 데리고 집으로 와 구루링와이드를 재생했다.

"생각보다 잘 나오는구나."

나루세의 말처럼 카운트다운 표시 옆에 있는 우리는 자주 화면에 나왔다.

"이게 나란 걸 알까?"

"나루세를 아는 사람이라면 다 알걸."

나루세는 그곳에 있는 게 당연하다는 듯 장소에 녹아 있어서 선글라스와 마스크로 얼굴을 감춘 내가 오히려 더 수상쩍게 보였다.

트위터 검색을 해보니 드디어 '오쓰 세이부 중계, 늘 서 있는 유니폼이 궁금해'라는 트윗을 발견했다.

"세 번이나 찍히면 매일 찾아오는 사람이라고 생각할 것이다."

태블릿 화면을 보여주자 나루세는 크게 고개를 끄덕이고 다 알고 있었다는 듯 말했다.

8월 6일, 7일도 나루세는 오쓰 세이부백화점 입구에 서서 첫째 주 방송을 마쳤다. 나도 가려고 하면 갈 수 있었지만, 너무 더워 일단 포기했다. 에어컨이 있는 실내에서 구루링와이드를 보는 편이 훨씬 좋았다.

"자, 첫째 주는 시마자키 덕분에 무사히 끝냈다."

금요일 방송이 끝난 뒤 나루세가 우리 집에 왔다. 같은 아파트에 산다고 해도 그전까지는 나루세가 이렇게 자주 우리 집에 드나드는 일은 없었다. 공범자로 여겨지면 귀찮을 듯했으나 내게 의지한다고 생각하니 나쁜 기분은 아니었다.

트위터를 보니 다쿠로라는 사람이 새로 '라이언스 여자애, 오늘도 TV에 나왔어'라는 트윗을 올렸다. 구루링와이드와 오쓰 세이부백화점이라는 표기는 없었으나 올린 시간으로 봤을 때 나루세를 가리키는 게 분명했다.

게다가 나루세는 백화점 앞에서 어떤 부인이 "너 늘 찍히더라"라고 말을 걸어왔다고 한다. 적어도 세 명의 시가현 주민의 기억에 흔적을 남긴 것이다.

"왜 매일 가려는 거야?"

내가 묻자 나루세는 마스크 줄을 고쳐 쓰며 대답했다.

"올여름의 추억 만들기랄까?"

올해는 코로나 영향으로 학교 행사가 줄줄이 중지 또는 축소되었다. 나는 배드민턴부에 들어갔는데 여름 대회가 취소되었고 여름방학 연습도 오전에만 한다. 게다가 여름 방학이 8월 1일부터 23일까지 약 3주간으로 단축되어 여름이란 이미지 자체가 희박해졌다. 오쓰 세이부백화점의 폐점은 중2 여름의 가장 큰 이벤트였다.

"시마자키도 또 올 건가?"

나루세의 추억 만들기에 동참하고 싶은 마음도 있었으나 이 무더위에는 최대한 밖에 나가고 싶지 않았다.

"갈 수 있으면 갈게."

내가 말하자 나루세의 얼굴이 밝아졌다.

"올 때는 이걸 입어주길 바란다."

나루세가 내게 세이부 라이언스의 유니폼을 내밀었다. 등 번호는 3번. 번호 위에는 YAMAKAWA라고 적혀 있었다.

"처음부터 두 장을 샀어?"

"만에 하나라는 게 있으니까."

나는 순간 망설여졌으나 그 유니폼을 받았다.

사흘 연휴가 끝난 8월 11일, YAMAKAWA의 유니폼을 입고 오쓰 세이부백화점 앞에 섰다. 선글라스를 쓰면 나루세보다 눈에 띌 듯해 안 쓰기로 했다.

프로그램 스태프는 우리를 보고도 못 본 척했다. 만화에나 등장하는 구름 모양의 말풍선 안에 '사람이 늘었어'라고 적힌 듯 보였다.

스태프는 아무래도 첫날부터 나루세를 피하기로 한 듯하다. 처음부터 친근하게 접했다면 "오늘은 친구와 같이 왔어?" 정도의 수다는 떨었을 것이다.

아니면 나루세가 스태프를 피했을 가능성도 부정할 수 없다. 너무 깊이 파헤치지 말자고 생각하면서 나루세와 사회적 거리를 유지하며 정면 입구 앞에 섰다.

오늘 인터뷰 대상은 나이가 있는 여성이었다. 우리 같은 젊은 사람보다 오쓰 세이부백화점에 더 추억이 많은 연장자를 원하는 듯했다.

중계가 끝나고 우리 집에서 녹화된 영상을 봤다. 그 자리에 서 있을 때는 몰랐는데 쇼핑객이 우리를 피해 걸어 다녔다. 이래서는 아무래도 폐가 되니까 내일부터는 나루세는 원래대로 카운트다운 표시 옆에 서고 나는 다른 위치에 서

기로 했다.

　이어서 트위터를 점검한 결과 아무도 구루링와이드를 언급하지 않아 실망했다. 누군가 알아봐주기를 내심 기대했던 모양이다.

　"구루링와이드를 보는 사람 대부분은 아줌마들이라 그렇다."

　나루세는 자신 있게 말했다.

　"그런데 마스크에 뭔가를 적지 않을래? 광고나 메시지 같은 거."

　나루세는 자를 꺼내더니 쓰고 있는 마스크에 대고 내게 치수를 읽으라고 했다. 세로 12센티미터, 가로 18센티미터 정도였다.

　"음. 제대로 된 말은 못 하겠다."

　쟈니스 팬들이 드는 부채 같은 걸 들면 어떠냐고 제안했으나 나루세는 소도구에 의존하면 안 된다며 반론했다.

　"어디까지나 마스크를 효과적으로 활용하는 게 중요하다. 한동안 마스크 생활이 이어질 테니까 이걸 활용하는 수밖에 없다."

　8월 12일, 나루세의 마스크에는 검은 매직으로 '고마웠어. 오쓰 세이부백화점'이라고 적혀 있었다. 얼굴 형태에 맞춰 일그러져 오쓰와 점이라는 글자는 거의 보이지 않았으나 문맥을 보면 추측할 수 있었다.

어제 의논한 대로 서는 자리를 바꿔 사회적 거리를 유지했다. 초등학교 저학년 정도의 남자아이가 나루세를 가리키며 "고맙대!"라며 소리를 치자 엄마로 보이는 사람이 남자아이의 손을 잡고 쏜살같이 백화점 안으로 들어갔다.

집에 돌아와 녹화 영상을 확인했다. 나루세의 마스크에 글자가 적힌 건 보이는데 내용까지는 읽을 수 없었다.

"이 크기로는 두 글자가 한계네. 아니면 로고 마크나."

"맥도날드나 나이키, 애플 광고라면 될 텐데 말이다."

내 말에 나루세도 수긍하며 말했다. 그런 다국적 기업이 나루세의 마스크에 광고할 이유가 없겠으나 나루세가 세계를 목표로 하고 있음은 전해졌다.

8월 13일, 나루세는 마스크에 '감사'라고 적었다. 나중에 녹화 영상을 확인하니 화면 끝에 크게 잡혔을 때 감사라는 글자를 읽을 수 있었다.

"두 글자까지는 가능할지도 모르겠네."

그러나 두 글자로는 전할 수 있는 메시지가 한정된다. '감사'도 나쁘지 않으나 나루세가 쓰고 있으니 신흥종교 같은 수상함이 있다. 마스크의 효율적인 활용은 일단 보류하기로 했다.

트위터를 조사하니 얼마 전 나루세를 언급한 다쿠로 씨가 '라이언스 여자가 둘이 되었어!'라는 트윗을 올렸다. 기쁘기도 하고 부끄럽기도 한 종잡을 수 없는 마음에 가슴이 뜨거워졌다.

"인터넷에 글을 올리는 사람은 아주 일부다. 구루링와이드의 시청률이 지극히 낮더라도 시가현 주민 40만 명 중 0.1퍼센트만 봐도 1천4백 명이 보는 셈이다. 그중 몇 명은 우리의 존재를 알아차릴 것이다."

중계 현장에서는 의식하지 않았는데 TV 너머에는 시청자가 있다. 그 사람들의 눈에 라이언스 유니폼을 입은 우리가 보였으리라고 생각하니 뭐라 표현할 수 없는 고양감이 찾아왔다.

8월 14일, 중간에 나루세와 합류해 프로그램 시작 5분 전에 오쓰 세이부백화점에 도착했는데 늘 있던 촬영팀이 보이지 않았다.

"앗! 촬영을 그만뒀나?"

높은 기온과 달리 손발이 차가워졌다. 동요하는 나를 거들떠보지도 않고 나루세는 말없이 백화점 안내도를 봤다.

"아마도 가장 꼭대기에 있을 거다."

나루세와 엘리베이터를 타고 7층으로 향했다. 식당가를 지나치자 〈오쓰 세이부백화점 44년의 발자취전〉이라는 패널 전시와 촬영팀이 보였다. 음성 마이크를 든 스태프가 우리 모습을 발견하고는 눈길을 피하는 게 보였다. 나루세는 유니폼을 입고 새침한 얼굴로 카메라에 나올 법한 위치로 돌아가 벽에 붙인 사진 패널과 마주했다.

나도 유니폼을 입고 사진을 바라봤다. 색 바랜 사진을 확대한 패널은 오쓰 세이부백화점 개점 초기의 상황을 전하고 있었다. 넓은 식품매장, 우아한 찻집, 지금은 없어진 6층의 다목적 홀, 6층과 7층을 잇는 거대한 비와호* 형태의 높은 천장, 새가 날아다니는 버드 파라다이스. 어디나 사람들로 북적이는 모습이었다. 내가 아는 오쓰 세이부백화점은 늘 한산했다. 구사쓰 이온몰**에 손님을 빼앗겼다거나 인터넷 쇼핑이 늘었기 때문이라고들 했다. 사진에 찍힌 사람들은 다 행복해 보였다. 이제까지 상업시설에서 내가

* 시가현에 위치한 일본에서 가장 큰 호수
** 일본의 대형 쇼핑몰

이런 표정을 지은 적 있을까.

사진에 몰두해 있는 사이에 중계가 끝났다. 나루세는 이미 유니폼을 벗고 있다.

"조금 더 보고 갈게."

내가 말했다.

"그럴 텐가?"

나루세는 바로 혼자서 돌아갔다. 참 매정한 녀석이라고 생각했으나 저런 행동이 어제오늘 시작된 건 아니다.

오쓰 세이부백화점의 44년 발자취전은 7층 벽 전체에 전시되어 있었다. 내가 처음 본 사진은 개점 당시의 사진을 전시하는 구역으로, 그곳에서부터 시대순으로 사진이 진열되어 있었다.

내가 태어난 2006년은 개점 30주년이었다. 백화점 내부 상황은 내가 아는 풍경과 거의 비슷했으나 손님의 패션이 조금 촌스러웠다.

"학생. 늘 TV에 나오는 사람이지?"

갑자기 모르는 부인이 말을 걸어와 까먹고 유니폼 벗는 걸 잊었음을 깨달았다.

"아, 네."

저도 모르게 대답하고 말았지만, 늘 나오는 사람은 나루세다. 사람을 잘못 봤다고 말하고 싶었으나 라이언스 유니폼을 입고 쇼핑하러 오는 사람은 그다지 없을 테니 착각한 것도 무리는 아니다.

"잘됐네. 만나면 주려고 했는데."

고이케 유리코*처럼 레이스 마스크를 쓴 부인은 파란 야구모자를 꺼냈다. 옆을 보는 파란 사자의 얼굴과 'Lions'라는 로고가 박혀 있다.

"이거 줄게. 좀 낡기는 했지만, 깨끗이 빨았어."

일단 사양했으나 부인은 그러지 말라며 내게 떠맡기듯 주고 사라졌다.

성가신 일이 벌어졌다고 생각하면서 나루세의 집에 들렀다.

인터폰을 울리자 나루세의 어머니가 나왔다. 왠지 기운이 없는 듯 보였는데 원래 그런 인상이었던 듯도 하다.

"어머, 미유키! 늘 우리 애랑 놀아줘서 고마워."

나루세의 어머니는 늘 말없이 미소를 짓는 이미지다. 헬리콥터 맘이라는 이미지도 없다. 딸이 하고 싶어 하는 일을

---

* 일본의 여성 정치인. 현재 도쿄도지사이다.

뭐든 생글생글 웃으며 받아준 결과, 지금의 나루세가 되었을 것이다.

"저, 아카리의 어머니는 시가현 출신이신가요?"

"그런데?"

말을 걸어온 게 의외라는 표정이었다. 나도 나루세의 어머니에게 말을 건 기억이 거의 없다. 지금도 '아줌마'라고 부르기가 어려워 '아카리의 어머니'를 선택했다.

"오랫동안 다니던 사람에게 오쓰 세이부백화점은 어떤 느낌인가요?"

"그야 안타깝지만, 새삼 어떻게 해볼 수도 없지. 그날을 기다리는 수밖에."

나루세의 어머니는 미소를 지은 채 말했다. 내 방문을 알아차린 듯 나루세가 안에서 나왔다.

"무슨 일인가?"

"네게 전해줄 게 있어서."

그 자리에서 이야기를 끝낼 생각이었는데 나루세의 어머니가 권해 집 안으로 들어갔다.

"네가 가고 난 다음에 모르는 아주머니가 말을 걸어와 이걸 줬어."

받은 야구모자를 나루세에게 보여줬다.

"늘 나오는 애에게 전해달래. 쓰던 거지만 깨끗이 빨았다고."

다소 각색해 말하자 나루세는 별다른 의문 없이 야구모자를 썼다.

"월요일부터 쓰고 가야겠다."

솔직히 내가 쓰지 않아도 되어서 가슴을 쓸어내렸다.

"앞으로는 어디에서 촬영할지 모르니까 일찍 가는 게 좋을 듯하다."

정면 입구 앞에 촬영팀이 없었을 때는 머릿속이 하얘졌다. 왜 내가 그토록 당황했는지 모르겠다. 나루세가 훨씬 침착했다.

"저기, 난 갈 수 있을지 잘 모르겠어."

야금야금 유닛처럼 되고 말았으나 나는 어디까지나 갈 수 있으면 간다는 자세였다. 이 프로젝트는 나루세의 것이다.

다음 주 초인 8월 17일, 오봉* 휴일로 쉬었던 동아리 활동도 재개되었다. 아침 9시부터 11시 반까지의 가벼운 연

---

* 8월 15일의 일본 명절

습이었다.

"미유키, 얼마 전 TV에 나오지 않았어?"

같은 동아리의 하루카가 말을 걸어왔다.

"응. 나루세랑 같이 나왔어."

"고생이네."

하루카가 웃으며 말했다.

"나도 봤어. 금요일이었지? 세이부의 사진전."

미즈네도 이야기에 끼어들었다.

"어머, 내가 봤을 때는 입구 앞이었는데. 야구 유니폼을 입었지?"

그랬다, 나는 왜 이 사실을 깨닫지 못했을까? 일상적으로 보지 않더라도 어쩌다 구루링와이드에 채널을 맞출 수 있다는 사실을. 둘이라면 잠깐만 봤더라도 퍼즐처럼 조합하면 그 사람이 나임이 드러나고 만다.

"나루세와 거의 매일 다녀."

나루세에게 책임을 떠넘길까도 생각했으나 유니폼을 입고 함께 선 것은 어디까지나 내 의지였다. 어이없어할 줄 알았는데 하루카와 미즈네는 깔깔대고 웃었다.

"매일 중계하는지는 몰랐네! 나도 가고 싶다!"

"나도 갈래."

동료가 늘어나니 기뻐해야 하는데 영 탐탁지 않았다. 나에게 나루세 모드와 동아리 모드는 주력하는 방식이 전혀 다르다. 그렇다고 둘의 참여를 거절할 수도 없어서 프로그램이 17시 55분부터 시작된다는 것과 중계 장소는 대체로 정면 입구이지만 정확한 장소는 당일 가봐야 함을 알려주었다.

이번 주는 적당히 중계에 빠질 생각이었는데 하루카와 미즈네가 간다면 나도 가야 한다. 조금 일찍 도착하자 정면 입구 앞에 촬영팀이 있어서 안심했다. 나루세는 선언대로 라이언스 야구모자를 쓰고 있다. 모자를 준 부인이 TV를 보고 있으면 좋겠다고 생각했다.

"아까, 모르는 사람에게 이걸 또 받았어."

나루세는 왼손의 손목 보호대를 보여줬다.

"라이언스를 정말 좋아하는 사람이네."

"세이부 팬임은 틀림없다."

그렇게 말하고 미니 야구 방망이를 들었다.

"오늘 배드민턴부 애들이 올지 몰라. 나와 나루세가 매일 온다고 했더니 와보고 싶다고 해서."

"그래."

나루세는 딱히 흥미로울 게 없다는 듯 답했다.

하루카와 나루세는 중계 직전에 백화점 안에서 나왔다. 나루세는 이미 카메라에 집중하고 있었다.

"여기서 하는구나."

둘이 내 옆에서 걸음을 멈추기에 사회적 거리를 유지하도록 권했다. 여기 다닥다닥 모여 있으면 내일부터 중계가 중단될 가능성도 있다.

하루카와 미즈네가 조금 떨어진 곳에 자리를 잡자 리포터가 둘에게 마이크를 향했다. 나는 놀라움을 감추지 못했다. 온몸으로 세이부 사랑을 뿜어내고 있는 나루세가 아니라 사복 차림의 여중생 둘에게 말을 걸다니. 하루카와 미즈네는 생글생글 웃으며 질문에 답했다. 나와 둘 사이에 두꺼운 아크릴판이 출현한 것만 같았다.

중계가 끝나고 돌아갈 준비를 했다.

"인터뷰했어!"

하루카와 미즈네는 흥분하며 알려주러 왔다. 위 언저리가 질투로 저릿저릿했다.

"잘됐네."

담담하게 말하고 나루세와 함께 귀갓길에 올랐다.

"나루세가 인터뷰해야 했는데."

내가 속내를 흘리자 나루세가 웃었다.

"그렇지 않다. 방송국은 저런 애들의 감상을 원한다."

허세가 아니라 진심으로 이해하는 태도였다. 그 냉정함에 화가 났다.

"애쓰고 있으니까 인터뷰하거나 더 TV에 나오고 싶지 않아?"

"아니다."

나루세는 곧바로 대답했다. 왜 내가 이토록 화를 내는지 모르겠다는 태도다. 나는 나루세를 혼자 남기고 성큼성큼 걸어 집에 돌아왔다.

8월 18일, 하룻밤 자고 났더니 기분이 바뀌어 하루카와 미즈네를 평소처럼 대할 수 있었다.

"설마 말을 걸어올 줄은 몰랐어. 또 올 거야?"

어제의 일을 화제로 삼아 말을 걸며 최대한 가볍게 물었다.

"이제 됐어."

둘은 웃으며 대답했다.

'이제 됐나?'

나도 그런 생각이 들어 그날은 세이부에 가지 않았다. 왠지 나루세와 만나고 싶지 않았다. 중계는 정면 입구에서 이루어졌고 나루세는 14라고 적힌 카운트다운 표시 옆에 있었다. 당연히 인터뷰 마이크는 그녀에게 향하지 않았다.

나루세처럼 매일 다니는 게 아니라 하루카와 미즈네처럼 인터뷰를 당하는 것도 아니다. 그런 내가 갈 필요가 있을까, 라고 생각했더니 가기 싫어졌다.

8월 21일, 중계에서 돌아온 나루세가 나를 찾아왔다.

"어땠나?"

나루세의 질문에 TV를 봐줬으면 한다는 원래의 의뢰를 떠올렸다. 내가 가지 않더라도 나루세는 신경 쓰지 않았을 게 틀림없다.

"잘 나왔어."

당연히 나도 매일 보고 있다. 안 봐도 괜찮지 않을까 생각하면서도 17시 50분이 되면 이제 곧 구루링와이드를 할 시간임을 깨닫는다.

중계는 6층부터 시작해 로프트의 마지막 세일 모습을 전했다. 나루세는 다른 손님들의 눈길을 한 몸에 받으며 제대로 화면에 잡혔다.

"금요일은 백화점 내부 중계인 듯하다."

그 법칙에 따르면 다음 주 금요일도 백화점 안일 가능성이 크다.

"다음 주부터 등교해야 하는데 동아리가 있는 날은 어떻게 해?"

"시간에 맞춰 빠져나올 거다. 유니폼도 전부 가지고 학교에서 직행한다."

아무래도 나루세는 누구도 개의치 않고 마지막 날까지 수행하려는 모양이다.

"힘들겠다."

완전히 남의 일처럼 느껴진다. 동아리는 18시까지라 중간에 빠지면서까지 중계에 참여할 생각은 없다.

"나는 방송도 못 볼지 모르겠어."

"괜찮다. 이제까지 같이 해줘서 고맙다."

나루세는 그 말만 남기고 돌아갔다. 나 자신이 스스로 관둔 일인데 왠지 나루세에게 외면당한 느낌이 들었다.

일요일 오후, TV 채널을 막 넘기고 있는데 세이부 대 오릭스 경기가 방송되고 있었다. 갑자기 보고 싶어져 리모컨을 내려놓았다. "미유키, 야구도 봐?"라는 아버지의 지적에

"오늘만 보는 거야"라고 적당히 둘러댔다.

세이부 선수들은 나루세와 내가 입는 하얀 유니폼이 아니라 감색 유니폼을 입고 있었다. 6회 초 타석에 들어선 선수는 등번호 1번의 구리야마였다. 구루링와이드 중계에 비친 나루세와 구리야마의 모습이 겹친다. 구리야마의 배트는 첫 구를 때렸고 타구는 객석으로 들어갔다. 야구 규칙을 잘 모르는 나도 이게 홈런임은 알 수 있었다. 남자다운 이목구비의 구리야마는 축구부의 스기모토와 닮았다.

8월 24일은 2학기가 시작하는 날로, 동아리는 쉬었다.

"너, 세이부 유니폼을 입고 TV에 나왔지?"

옆자리의 가와사키가 지적한 것 외에는 대단한 일은 없었다.

"나루세는 반 애들에게 'TV에 나왔지?'라는 소리 안 들었어?"

"응. 못 들었다. 본인에게 말할 사람은 극히 일부니까 아는 사람은 있을 거다."

확실히 나라도 평소 그리 친하지 않은 반 애가 TV에 나왔다면 굳이 가서 말하지 않았을 것이다.

"오늘 나도 가도 돼?"

내일부터는 동아리 활동이 끝나면 늦게 귀가하므로 내게는 마지막 기회인 셈이다. 허락을 얻을 필요도 없지 않나 생각하며 물었는데 나루세가 대답했다.

"물론이다."

그동안 대리 검색을 잊고 있었음을 깨닫고 집에 돌아와 트위터를 검색했다. 처음으로 라이언스 여자애라고 불러준 다쿠로 씨는 그 뒤에도 몇 번 우리를 언급했다. 구사쓰에 사는 주부가 '세이부 유니폼 학생, 내가 구루링와이드를 볼 때마다 나오는데 매일 오나?'라고 올린 글도 있었다.

프로그램 시작 10분 전에 오쓰 세이부백화점 정면 입구에 도착하니 나루세는 '앞으로 8일'이라고 적힌 카운트다운 표시를 심각한 표정으로 보고 있었다.

"이대로 가면 마지막 날이 '앞으로 1일'이 되는데 원래는 '앞으로 0일'이어야 하지 않나?"

듣고 보니 맞는 소리다. 그러나 이렇게 당당하게 잘못할 리 없고, 혹시 착오가 있더라도 내일 갑자기 이틀이나 줄일 수는 없겠다. 이런 말을 나누고 있는데 다섯 살쯤 되는 여자애가 다가왔다.

"야구 언니들, 오늘은 둘이네!"

여자아이는 내게 종이를 내밀었다. 보니 같은 복장의 인물 둘이 그려져 있다. 한쪽은 파란 모자를 쓰고 있고 한쪽은 안 쓰고 있다.

"TV로 늘 보고 있어."

어머니로 보이는 사람이 말했다.

"감사합니다!"

내가 반사적으로 대답하자 여자아이는 "안녕!"이라고 손을 흔들며 백화점 안으로 들어갔다. 늘 보고 있다면서 지금 시간에 백화점에 있다니 이상하지 않나? 그런 생각을 하며 옆으로 눈길을 옮겼는데 나루세의 눈가가 촉촉해 깜짝 놀랐다.

"이런 일도 있구나."

나는 나루세에게 팬 아트를 넘겼다. 나루세는 그 그림을 소중히 배낭에 넣고 미니 야구 방망이를 들고 정면을 향한다. 오늘은 마지막 세일에 온 모녀로 보이는 여성 둘이 인터뷰했다.

중계가 끝나 유니폼을 벗으니 여름이 끝난 듯한 느낌이 들었다. 고교 야구 선수들도 이런 기분일까. 그렇게 말했다간 똑같이 취급하지 말라며 혼날 것만 같다.

"이거, 빨아서 돌려줄게."

"아니다. 네가 잠시 가지고 있어주면 좋겠다."

또 다른 부탁을 받을지 모르겠다고 생각하면서 가방에 유니폼을 넣었다.

8월 25일, 동아리 활동을 마치고 집에 돌아와 녹화 영상을 확인했다.

나루세는 누군가에게 선물 받았는지 세이부 라이언스의 마스코트 인형을 들고 있었다. 마스크 광고 기획은 좌절되었으나 세이부 라이언스 홍보에 일역을 담당한 것 같기도 하다. 사실 나루세 덕분에 구리야마를 알게 되었다.

8월 26일도 늘 보이던 장소에서 찍혔다.

"이제 완전히 경치처럼 되었네."

엄마가 감상을 밝혔다.

계획이 시작되었을 때 나루세를 모방하는 사람이 나타나리라고 생각했다. 그런데 그런 한가한 사람은 없는지, 구루링와이드의 시청률이 영 낮은지, 카운트다운 표시 옆의 가장 좋은 곳을 노리는 사람은 나타나지 않았다.

19시가 지나 나루세가 찾아왔다.

"신문에 실렸다."

나루세는 지역 신문 〈오우미일보〉를 보여주었다. 오쓰 세이부 백화점 폐점에 관한 연재로, 이웃 주민을 다루고 있었다.

나루세는 여러 등장인물 가운데 하나였다. 사진도 실렸는데 야구모자와 마스크로 얼굴을 가려 잘 보이지 않았다.

'인근에 사는 중학교 2학년생 나루세 아카리 씨(14)는 세이부 라이언스의 유니폼을 입고 오쓰 세이부백화점에 다니고 있다. '올여름은 코로나로 할 일이 없어서 그동안 신세를 진 오쓰 세이부백화점에 다니자고 생각했다. 마지막 날까지 계속 오는 게 목표'라고 말했다.'

기사 속의 나루세 아카리 씨(14)와 눈앞의 나루세가 제대로 연결되지 않아 웃겼다.

"이제 세 번 남았다."

아무리 집에서 걸어서 5분 거리라고 해도 이 더위 속에 같은 시간에 매일 다니는 건 어려울 것이다. 남은 평일은 앞으로 3일이다.

"마지막까지 나오면 좋겠는데."

나루세가 웬일로 약한 소리를 했으나 나는 깊이 생각하지 않았다.

8월 27일은 목요일인데도 백화점 안에서 중계하며 종합안내소 옆 메시지 보드를 소개했다. 시계탑을 둘러싼 형태로 세 장 설치된 약 2제곱미터의 보드는 모두 고객들의 메시지 카드로 메워져 있었다.

중계에는 메시지를 적는 나루세가 찍혔다. 뭐라고 적었는지 궁금했으나 저 많은 메시지에서 그녀의 메시지를 찾는 건 지극히 어려운 일일 것이다.

8월 28일의 중계는 법칙대로 백화점 안에서 이루어졌는데 5층 육아맘 센터였다. 어린이용 미끄럼틀과 소꿉놀이 세트, 그림책이 놓인 놀이터가 있는데 초봄부터 코로나 영향으로 사용이 금지되었다고 한다.

"이곳은 우리 아이가 처음으로 걸은 추억의 장소예요."

아이를 데려온 여성이 얘기하는 뒤쪽 장난감 매장에 나루세는 자연스럽게 서 있었다.

중계 마지막, 리포터가 "다음 방송은 8월 31일, 오쓰 세이부백화점의 영업 종료일입니다. 마지막 날이라 구루링와이드는 모든 시간을 오쓰 세이부백화점에서 보내드립니다!"라고 알렸다. 구루링와이드의 종료 시각은 18시 45분이다. 동아리 활동이 끝나도 18시 30분에는 도착할 수 있다. 뜻밖에 찾아온 마지막 기회에 가고 싶은 마음이 들끓었다. 유니폼을 돌려주지 않길 잘했다. 나루세에게는 월요일 등교 중에 마지막 중계에 간다는 사실을 알리기로 마음먹었다.

8월 30일에는 엄마와 오쓰 세이부백화점에 갔다. 마지막 세일 상품 진열대는 이미 여기저기 많이 비어 있었고 계산대에는 긴 줄이 서 있었다. 이렇게 북적이는 백화점은 처음 봤다.

"평소에도 이렇게 사람이 많았으면 망하지 않았을 텐데."

엄마는 폐점을 안타까워하며 말했다.

중계로는 잘 몰랐는데 입구의 메시지 보드에는 비와호의 모습이 그려져 있었다. 호수 부분에 파란 카드, 육지 부분에는 오렌지색 카드가 붙어 있는 듯하다. 쭉 훑어봤는데 나루세의 카드는 보이지 않았다. '오쓰에 세이부가 있어서 좋았어' '첫 데이트는 세이부였어' '많은 추억을 만들어줘서 고마워' '제일 좋아하는 장소였어요' 등 사람들의 마음이 전해져 가슴이 뜨거워졌다. 나도 메시지를 남기고 싶어져 '어릴 때 여러 번 왔습니다. 지금까지 고마워요'라고 적어 붙였다.

8월 31일 아침, 늘 같은 시간에 집을 나서는데 아파트 입구에 사복 차림의 나루세가 있었다.

"오늘은 결석이다."

순간, 나루세가 구루링와이드를 준비하려고 결석한다는 소리인 줄 알았다. 하기는 마지막 날이니 그만한 정성은 보여줘야겠다고 대답했더니 나루세는 평소와 달리 침통한 표정을 짓고 말했다.

"할머니가 돌아가셨다."

"할머니라면, 히코네의?"

"맞다. 지금부터 가족과 함께 그곳에 간다."

"구루링와이드는?"

무례한 말일 수도 있겠으나 묻지 않을 수 없었다. 나루세는 잠자코 고개를 저었다. 그런 질문은 하지 말라는 것처럼 보이기도 했다.

"그래도 시마자키에게는 알리고 싶었다."

나루세는 그런 말을 남기고 엘리베이터 방향으로 사라졌다.

평소대로 등교했으나 모든 게 귀에 들어오지 않았다. 수업 중에도 나루세와 구루링와이드만 생각했다. 이런 사정이니 어쩔 수 없다는 마음과 무슨 일이든 해야 한다는 마음이 들끓었다. 나루세로부터 만에 하나의 일을 부탁받은 사람으로서, 적어도 나만이라도 프로그램 처음부터 나가자고 생각하고 동아리 활동 중간에 하교했다.

집에서 마지막 중계를 위한 준비를 마치고 트위터에서 '오쓰 세이부백화점'을 검색하자 폐점을 안타까워하는 사람들의 목소리가 넘쳤다. 오늘도 많은 사람으로 붐빌 듯하다.

검색 키워드를 '구루링와이드'로 바꾸자 오늘의 기록이 확 줄었다. 이른 시기부터 나루세를 알아차린 다쿠로 씨는 금요일에 '라이언스 학생도 곧 끝인가!'라고 적었다. 나루세는 가족 사정으로 못 가게 되었음을 알리고 싶었으나 본인이 아니면 함부로 개인 정보를 밝혀선 안 된다고 배웠다. 마스크에 '나루세는 결석입니다'라고 적을까 생각하기도 했으나 열심히 보는 시청자도 아닌 한 나와 나루세의 차이는 모를 것이다.

그러나 굳이 하는 일이니까 뭔가 쓰고 싶어 '고마워'라고 크게 적었다.

프로그램 시작 10분 전, 정면 입구 앞에 도착했을 때 큰일이다 싶었다. 이미 수많은 군중이 모여 있었다. 마지막 날이라 나온 사람들이 TV 카메라를 보고 걸음을 멈춘 것이리라.

카운트다운 표시는 기념사진을 찍는 사람들에 둘러싸여 있었다. 사람들은 스마트폰으로 '앞으로 1일'의 표시를 찍었다.

일단 태세를 갖추기 위해 유니폼을 입자 군중의 눈길이 느껴졌다.

"한 달 동안 수고했어요."

마흔 살 정도의 여성이 내게 다가와 세이부 라이언스 수건을 주었다. 게다가 "함께 사진 찍어도 될까요?"라고 물어 이유도 없이 둘이 사진을 찍었다. 조금이라도 기뻐해주면 좋겠다고 생각했다.

"이 사람은 가짜야."

그때 소리가 들려 돌아보니 백발 남성이 엄격한 눈길을 던지고 있었다.

"늘 나오는 애와 달라."

설마 이렇게 열심히 보는 사람이 있을 줄이야. 개근한 나루세와 비교하면 나는 출석 일수가 부족하다. 나루세의 보조를 자처한 게 오히려 화가 되었다.

"친구예요."

"거짓말이야! 그렇게 얼버무릴 생각 마! 모자도 안 썼잖아!"

수건을 준 여성은 어쩔 줄 모르고 서 있었다. 나루세의 친구임을 증명할 게 전혀 없었다. 나루세의 할머님이 돌아가셨다는 말을 해도 믿어주지 않을 것이다. 주위 사람은 더는 얽히고 싶지 않다는 표정을 짓고 있다. 게다가 곧 구루링와이드가 시작될 것이다.

"시마자키!"

목소리가 들린 쪽을 보자 등번호 1번의 유니폼을 입은 진짜가 건널목을 건너오는 게 보였다. 모자도 손목 보호대도 다 갖추고 있다.

"시간에 맞춰 왔군."

나루세는 내게 달려오며 말했다. 나루세의 마스크에도 '고마워'라고 적혀 있다.

"무슨 일 있었나?"

나는 안도감에 눈물이 터질 것만 같았다. 시비를 걸어온 남자는 어느새 사라지고 없었다. 수건을 준 여성도 안도한 모양새였다.

"나중에 설명할게."

일단 파란 수건을 나루세의 목에 걸어주었다.

중계가 시작되어 리포터는 군중에게 마이크를 댄다. 평소에는 한 번뿐이었는데 두 번, 세 번 여러 차례 말을 걸었다. 나루세에게도 인터뷰를 청하는 게 아닐까 기대했는데 네 번째로 인터뷰는 끝났다. 촬영팀이 일제히 이동하기 시작했다.

"아까 처음 보는 아저씨가 가짜라고 시비를 걸었어."

"그거 큰일이었구나. 늦어서 미안하다."

나루세가 사과할 줄은 생각도 못 했다.

"아니야. 와줘서 다행이야. 할머니는 괜찮아?"

"쓰야*는 내일이라고 한다. 친척들 다 오늘도 가라고 했다. 할머니가 그걸 더 기뻐하실 거라며."

나루세를 보내준 친척 일동에게 감사했다.

촬영팀은 1층 식품, 2층 여성복, 4층 신사복 매장 순서로 오쓰 세이부백화점을 돌아보며 올라갔다. 따라다니는 사람들은 나루세와 나, 초등학생들뿐이다.

"왜 유니폼을 입었어?"

_____
* 가족과 문상객이 모여 밤을 새우는 행사

"이게 내 제복이다."

초등학생이 지적하자 나루세가 대답했다.

프로그램의 끝은 6층 테라스에서 이루어졌다. 오쓰 세이부백화점을 등지고 점장이 서서 카메라를 보며 리포터와 얘기했다. 우리 무리는 점장의 뒤에 밀집되지 않도록 간격을 두고 서 있었다.

"여름이라 다행이었다."

나루세가 말했다.

"왜?"

"어둡고 추웠으면 지금보다 더 쓸쓸했을 테니까."

이렇게 나루세는 중2 여름을 오쓰 세이부백화점에 바쳤다.

9월 3일, 상을 치른 나루세와 동아리 활동이 끝난 후 오쓰 세이부백화점을 보러 갔다.

사람이 없는 오쓰 세이부백화점은 갑자기 늙어버린 듯 보였다. 사흘 전과 같은 건물이라 여겨지지 않을 정도로 흠집이 두드러졌다. 입구의 SEIBU라는 로고가 떨어졌고 간판은 시트로 덮여 있다. 점원들이 정리를 위해 드나들기는 했으나 곧 해체 공사가 시작될 것이다.

병으로 입원한 나루세의 할머니는 구루링와이드를 보는 게 낙이었다고 한다. 8월 28일 방송까지 "오늘도 아카리가 찍혔어"라며 기뻐하셨는데 30일 밤중에 갑자기 상태가 나빠져 8월 31일 아침에 숨을 거두셨다고 한다. 나루세가 늘 서 있던 폐점 카운트다운이 할머니의 수명이 된 셈이다.

"나루세는 할머니를 위해 세이부에 다닌 거야?"

"다소 의식하기는 했지만, 그게 다는 아니다. 이런 시기라도 할 수 있는 도전을 해보고 싶었다."

나루세가 더 주목받길 바랐으나 그렇게까지 화제가 되진 않았다. 비와TV 구루링와이드의 한계를 실감했다.

그래도 몇 명쯤은 오쓰 세이부백화점 폐점을 떠올릴 때 나루세를 기억할 것이다. 세이부 굿즈를 준 사람들, 그림을 그려준 아이, 트윗을 올려준 계정주, 취재해준 신문기자, 구루링와이드 시청자, 모두가 나루세 아카리 역사의 귀중한 증인이다.

"나중에 내가 오쓰에 백화점을 세울 거다."

"힘내라."

나루세의 말이 이루어지면 좋겠다고 생각하면서 과거 오쓰 세이부백화점이었던 건물을 올려다봤다.

"시마자키, 나는 개그의 정점을 찍을까 한다."

9월 4일 금요일, 나루세가 또 이상한 소리를 꺼냈다. 오 쓰 세이부백화점에 다닌다는 일대 프로젝트를 마치고 기운 이 다 빠져 있지 않을까 걱정했는데 아무래도 괜한 걱정이 었던 듯하다. 오늘은 중요한 이야기가 있다며 하굣길에 우 리 집에 들렀다.

낮은 테이블 건너편에 앉은 나루세는 등을 꼿꼿이 편 채 무릎을 꿇고 있다.

"개그의 정점이라면……, M-1에라도 나갈 거야?"

"정답."

M-1 그랑프리, 통칭 M-1은 2001년에 시작된 일본 최대의 만담* 대회이다. 결승전은 12월에 TV로도 방영되기 때문에 어릴 때부터 가족과 함께 시청해왔다.

그러나 나루세와 M-1이나 개그에 관해 말한 적은 한 번도 없다. 갑자기 왜 개그에 관심을 지니게 되었는지 궁금했는데 나루세는 서류 한 장을 테이블에 놓았다.

"이게 M-1 그랑프리 신청 용지다."

요즘 세상에 인터넷 신청이 아니라고? 그렇게 생각하면서 용지를 훑어봤다.

"보통 신청 마감은 8월 31일이었는데 올해는 코로나로 9월 15일까지로 연장되었다. 아직 시간이 있으니까 일단 신청해보자."

아무래도 돌아가는 형세가 심상치 않다. 나 모르는 곳에서 이야기가 진행되고 있는 느낌이다.

"잠깐만! 누구랑 나가는데?"

나루세는 무슨 소리를 하는 거냐는 듯한 표정을 지었다.

"너밖에 없지."

---

* 2명이 짝을 이뤄 이야기를 전개하는 코미디 장르. 한 사람이 바보 역할을, 다른 한 사람이 똑똑한 척하며 구박하는 역할을 담당한다.

나는 이마에 손을 댔다. 이런 걸 두고 이례적인 발탁이라고 하는 거겠지. 나처럼 평범한 사람에게 나루세가 정점을 목표로 하는 파트너 자리를 줄 리 없다.

무엇보다 나는 나루세 아카리 역사를 지켜볼 뿐 그의 역사에 이름을 남길 마음은 없다. 가장 앞자리의 손님을 무대에 올리는 일은 관두길 바란다.

"만담이 아니라 핀 개그맨 대회에 나가면 되잖아."

"핀 개그맨?"

고개를 기울이는 나루세는 아주 진지해 혹시 내가 말을 잘못한 게 아닐까 싶어 불안해진다.

"R-1 그랑프리라고, 일인 개그 대회야."

"그래? 내년에는 거기 나가도 되겠다."

나루세에게는 올해 M-1 그랑프리에 나가는 게 결정 사안인 듯하다.

"어머니에게 파트너를 부탁했다가 단칼에 거절당했다."

그야 당연하다. 얼마 전 친어머니를 여읜 사람이 만담할 기분은 아니겠지. 안 그래도 얌전한 성격이니 다른 때였어도 그러실 만한 분은 아니다.

"1회전이 언젠데?"

"9월 26일 토요일이다."

도움을 청하는 기분으로 벽에 걸린 달력을 봤는데 다른 약속이 전혀 없다.

"겨우 3주밖에 안 남았는데 괜찮겠어?"

"걱정은 마라. 에피소드는 내가 다 준비한다."

평범한 학교생활을 보내지 못한 올해, 나루세는 학교 밖 이벤트에서 매력을 찾고 있는 듯하다. 마음은 알겠으나 M-1 그랑프리에 도전하다니 너무 나가는 게 아닐까.

"이번에도 정말 얘기가 급하다?"

"TV에서 재미있는 만담을 보고 나도 해보고 싶어졌다."

나루세에게 만담을 하게 만든 만담이 궁금해져 몸을 앞으로 기울이며 물었다.

"어떤 만담이었는데?"

"어머니가 콘플레이크 같은 이름을 까먹은 만담이었다."

"그거 밀크보이 아니냐?"

저도 모르게 밀크보이 구박 역할의 대표적인 대사가 튀어나왔다. 밀크보이는 M-1 그랑프리의 지난 회(2019년) 우승자다.

"역시 시마자키! 완벽한 구박이었다."

명백히 지나친 칭찬이었으나 나루세에게 거침없이 발언할 사람을 꼽자면 나를 따를 자가 없을 것이다. 게다가 내가 거절해 나루세가 무대에 오를 기회를 잃는다면 그게 더 문제다.

"좋아. 같이 나가자."

"고맙다."

나루세는 테이블에 양손을 짚고 정중하게 고개를 숙였다.

"시마자키는 매년 M-1 그랑프리를 봤나?"

"엄마가 보니까 거의 봤지."

"든든하다."

나루세는 만족스러운 듯했으나 M-1 그랑프리를 보는 것만으로 재미있는 만담을 한다면 아무도 그 고생은 하지 않을 것이다.

"1회전은 어디서 해?"

"오사카 요도야바시에 있는 아사히생명홀이다."

여기서 오사카 중심부까지는 대략 한 시간이면 갈 수 있으나 대개 교토만 가도 모든 일을 볼 수 있으므로 오사카까지 나가는 일은 거의 없다. 무엇보다 올해는 코로나 영향으로 시가현에서 거의 나가지 못했다.

"일단 신청용 사진을 찍자."

나루세는 가방에서 가져온 디지털카메라를 꺼내 셀프타이머를 맞추고 적당한 높이의 책장에 놓았다. 나는 벽에 등을 대고 서서 마스크를 벗고 카메라를 본다.

"보통 바보 역할이 오른쪽이고 구박 담당이 왼쪽이다."

나루세가 그렇게 말하고 내 왼쪽에 섰다.

"어?"

이의를 제기할 틈도 없이 셀프타이머가 작동했다.

"아무리 생각해도 나루세가 바보 역할이지."

조금 전 완벽한 구박이라고 칭찬하지 않았나? 나루세는 새침한 얼굴로 마스크를 다시 썼다.

"사실 시마자키는 지적이나 구박을 잘한다. 하지만 그렇게 하면 평범한 대화가 되고 만다. 오히려 거꾸로 하는 게 만담으로서는 재밌다."

만담을 잘 알지도 못하면서 어째서 저리 자신만만할까.

"네가 그렇게 말한다면 바보 역할도 괜찮지만……."

나루세는 디지털카메라를 들고 모니터를 확인하고 있다.

"몇 년 뒤 유명해지면 이 사진이 사용되겠구나."

찍은 사진을 보여준다. 무표정하게 카메라를 응시하는

나루세와 눈을 어디에 둬야 할지 모르는 내가 찍혀 있다. 이런 사진으로 신청하는 만담팀이 있다면 그 시점에서 이미 실격일 것이다. 나루세도 이걸로는 안 되겠다 싶었는지 말했다.

"한 장 더 찍자. 맞다. 이번에는 유니폼을 입자."

나루세는 배낭에서 등번호 1번 유니폼을 꺼냈다.

"늘 가지고 다녀?"

"무슨 일이 일어날지 모르니까."

나도 옷장에서 등번호 3번의 유니폼을 꺼내 교복 셔츠 위에 걸쳤다.

다시 찍은 사진은 조금 전보다 표정이 자연스러웠다. 유니폼 덕분에 일체감이 드러났다. 구단에 허락받지 않은 게 마음에 걸렸으나 그런 일은 유명해진 다음에 고민해도 되리라.

나루세도 마음에 든 듯 디지털카메라와 유니폼을 배낭에 다시 넣었다.

"콤비 이름은 이미 정했어?"

"맞다. 제제 라이언스 어떠냐?"

제제역은 우리가 사는 아파트에서 가장 가까운 역이다.

간사이에서 읽기 어려운 지명으로도 유명하니까 콤비 이름에 넣는 것도 괜찮을 듯싶다. 그러나 이어진 라이언스는 괜찮을까?

"왠지 무슨 아파트 이름 같지 않아?"

"제제걸스는?"

나루세의 작명 센스에 감동했다. 뭐든 잘하는 나루세가 이렇게 촌스러운 이름밖에 생각해내지 못하다니. 이래서는 만담 에피소드를 지어내는 것도 위험할 듯하다.

내 생각에는 콤비 이름은 한 번만 들어도 기억할 수 있는, 단순하고 임팩트 있는 게 좋다. 한자로 제제는 읽기 힘드니까 히라가나나 가타카나로 하는 게 좋으리라.

"생각났다. 가타카나로 '제제카라'. 그리고 '제제에서 왔습니다!'라고 말하고 만담을 시작하는 거지."

내가 제안하자 나루세는 "좋구나!"라며 눈을 부릅떴다. 더 이야기하고 싶었으나 이 정도로 적당히 힘을 빼는 게 좋을 것 같았다.

나루세는 콤비 이름 칸에 '제제카라'라고 적었다. 단순한 네 글자인데 나루세의 달필로 적히자 이상하게 유서 깊은

---

* 일본어로 '제제에서'라는 뜻

이름처럼 보였다.

"개인명은 본명으로 갈까?"

일단 신청서 하나 적는데도 정해야 할 게 많았다. 개인명은 늘 서로 부르는 이름인 나루세와 시마자키로 하고 나머지 사항도 적어 넣었다.

"맞다! 미성년자는 보호자의 동의가 필요하다. 시마자키의 어머니에게도 사인을 받아야 한다."

나루세에게 신청서를 받아 엄마의 동의를 받으러 방을 나온 순간 제정신이 돌아왔다. 그 유명한 M-1 그랑프리에 내가 나가다니, 말이 되는 소릴까?

한편 흥분되기도 했다. 만담 같은 것은 해본 적도 없고 나루세의 센스에도 불안이 있었으나 해보면 될 수 있을지도 모른다.

"나루세가 M-1에 나가자고 하는데 나가도 돼?"

부엌에 있던 엄마에게 물었다.

"좋지 뭐."

엄마는 곧바로 대답했다.

"어떤 소재로 얘기하니? 콩트 만담이야? 아니면 수다 만담? 나도 한 번쯤 나가보고 싶었는데."

제1회부터 빠짐없이 시청한 엄마는 호기심을 억누르지 못하겠다는 듯 마구 이야기를 쏟아냈다. 오히려 나루세가 엄마와 팀을 짜면 되겠다는 생각도 들었으나 막상 그렇게 되면 그것도 나름 마음이 복잡해질 듯하다.

신청지를 써달라 하자 엄마는 "아카리의 글씨가 더 예뻐서 부끄럽네"라며 주소와 성명을 적고 도장을 찍었다.

"이거, 개그맨들도 어머니에게 받았을까?"

엄마의 말에 밀크보이의 어머니가 신청지를 작성하는 모습이 머리에 떠올랐다.

"아냐, 미성년자만 받아."

"하하하. 당연히 그렇겠지?"

방으로 돌아오자 나루세는 루스리프* 수첩에 뭔가를 적고 있었다.

"나가도 된대."

"그거 잘됐구나."

나루세는 신청지에 잘못 쓰거나 빠진 게 없는지 확인하고 크게 고개를 끄덕이며 말했다.

"좋았어! 건강이 최고니까 무리하지 말고 해 나가자."

---

* 종이를 마음대로 갈아 끼우거나 보충할 수 있는 장치

이렇게 제제카라는 개그의 정점을 향한 첫걸음을 내디뎠다.

출전이 정해진 이상 전력을 다하는 수밖에 없다. 예습하려고 인터넷으로 과거 M-1 그랑프리를 보기로 했다.

나는 2006년생이므로 제1회부터 5회까지는 태어나지도 않았다. TV 리모컨을 조작하면서 뭘 볼까 망설이고 있는데 엄마가 옆에 와 앉았다.

"2004년 걸 봐."

엄마가 최고의 해라고 말한 것처럼, TV에서 이미 많이 봐서 잘 아는 콤비들이 나왔다. 지금은 버라이어티 프로그램에서 MC를 맡고 있지만, 젊은 시절에는 이렇게 개그를 했었구나 싶어 신선했다.

우승한 개그팀 언터처블의 개그 소재는 여자 친구의 아버지에게 결혼 승낙을 받으러 가는 내용으로, 지금 봐도 촌스럽게 느껴지지 않았다. 엄마는 웃다가 눈물까지 흘렸다.

그 후에도 엄마의 추천에 따라 휙휙 넘기면서 봤다. 이제까지는 단순한 시청자로 편안하게 봤는데 어떻게 저런 바보 역할을 생각해냈지, 저 구박 타이밍은 굉장하네, 라는 연기자의 관점이 싹텄다.

몇 년 뒤, 나루세가 진짜 개그의 정점에 섰을 때 파트너는 나일까, 아니면 다른 사람일까. 지금은 아직 정점은커녕 산기슭조차 보이지 않을 만큼 멀기만 하다.

새로운 주가 시작된 9월 7일 아침, 아파트 로비에서 만나자마자 나루세가 말을 꺼냈다.

"아이디어를 생각했으니까 나중에 해보자."

"뭐, 나야 괜찮지만."

내심 기다리고는 있었으나 지나치게 의욕이 넘치는 듯 보이고 싶지 않아 최대한 담담하게 대답했다.

동아리 활동 후 내 방에서 아이디어 회의를 시작했다.

"어떤가?"

나루세가 내민 루스리프 수첩에는 '나루'와 '시마'의 머리글자와 서로의 대사가 적혀 있었다.

나루 "어이, 안녕!"

시마 "저는 시마자키이고예,"

나루 "저는 나루세입니더!"

둘 "제제에서 온 제제카라입니다. 잘 부탁드립니다."

시마 "나 말이다, 어른이 되면 프로야구 선수가 될 기다."

나루 "말은 잘한다. 니 야구 규칙도 모른다아이가."

시마 "안다. 던지면 치면 되지."

나루 "엉망이네."

시마 "니는 내 가능성을 너무 모른다."

나루 "그래 봤자 이미 중2다. 유력 선수는 이미 두각을 나타내고 있
다고."

시마 "드래프트로 지명된 행운아도 있다아이가."

나루 "어떻게 지명될 긴데?"

시마 "평소에 이 유니폼을 입고 어슬렁대면 혹시 야구 소녀로 착각
할지도 모른다."

나루 "그냥 수상한 인물이겠지."

시작 부분을 읽었을 뿐인데 미간에 힘이 들어가고 말았
다. 하고 싶은 말은 헤아릴 수 없었으나 제일 큰 문제점을
지적했다.

"나, 간사이 사투리 못 해."

표준어를 쓰는 부모님 밑에서 자라서 거의 표준어 억양
을 쓴다. 상대에 따라 간사이 사투리의 어미가 나올 때도

있으나 제대로 말하는 느낌은 아니다.

"나루세도 평소 간사이 사투리를 쓰지 않잖아?"

"마음만 먹으면 쓸 수 있다."

부모님이 다 시가현 출신이라 나루세의 간사이 사투리는 자연스러웠다.

"과거 M-1 그랑프리를 분석하니 간사이 개그맨이 압도적으로 유리했다. 제제카라라는 이름을 봐서도 간사이 사투리가 좋다."

"하지만 익숙하지 않은 말을 쓰기보다 평소 쓰는 말을 하는 게 좋을 텐데."

간사이 사투리 문제를 제쳐두더라도 나루세의 대본은 미묘했다. 일단 줄거리가 있고 서로가 티격태격하는 부분은 있다고 평가할 수 있으나 이 정도는 그저 평범한 대화다. 아직 첫해라는 안일함이 있는 걸까. 어차피 할 생각이면 첫해부터 최고의 퍼포먼스를 보여줘야 하는 게 아닐까.

이런 생각을 어떻게 전하면 좋을까. 답답한 마음이 들기는 했으나 애써 대본까지 써온 나루세에게 미안해 일단 대본대로 쭉 연기해보자고 제안했다.

벽에 등을 대고 나란히 서서 둘 다 볼 수 있도록 가운데 수첩을 든다.

"어이, 안녕!"

"제제에서 온 제제카라입니더. 잘 부탁드립니더."

아무도 듣고 있지 않은데 부끄러웠다. 간사이 사투리처럼 들리게 노력했으나 어쩔 수 없이 부자연스러웠다. 마지막까지 끝내고는 어떤 표정을 지어야 할지 몰라 잠자코 테이블에 마주 앉았다.

"나루세, 이 아이디어 정말 재밌어?"

"재미없다."

내가 수첩을 가리키며 단도직입적으로 묻자 나루세는 진지한 표정으로 인정했다.

"나도 그래. 일단 주제를 야구로 정한 시점에서 무리가 생겨. 야구를 잘 아는 사람은 정말 많아. 또 야구를 소재로 한 콤비도 상당히 많아. 굳이 잘 알지도 못하는 주제로 승부를 볼 필요는 없잖아. 게다가 바보 역할에도 의외성이 전혀 없어. 더 얼빠진 바보를 연기해야 해."

입을 여니 의외로 술술 지적이 나왔다.

"미안. 말이 지나쳤어."

"그런 배려는 필요 없다. 뭐든 얘기할 수 있는 콤비가 성장한다."

나루세는 루스리프 수첩에 '야구는 ×' '얼빠진 바보'라고 메모했다.

"시마자키는 어떤 주제가 좋은가?"

"좀 더 친근한 주제가 좋지 않을까?"

나루세가 야구를 소재로 삼은 마음도 잘 안다. 우리는 세이부 라이언스 유니폼을 입고 무대에 오르려 하고 있다. 보는 사람도 야구를 연상할 것이다. 그러나 우리에게 이 유니폼은 오쓰 세이부백화점에 대한 추억이다.

"일테면 오쓰 세이부백화점에서 아이디어를 내거나?"

나루세는 수첩에서 메모지 한 장을 떼어내 '오쓰 세이부백화점'이라고 메모했다.

"나루세가 미래에 오쓰에 백화점을 짓겠다고 했잖아. 그것도 소재가 될 것 같아. 게다가 나루세가 비눗방울의 정점에 서겠다고 한 것도, 2백 살까지 살겠다는 것도, FM오우미에 고정 출연 프로그램을 가지겠다는 것도, 홍백가합전에 나오겠다는 것도……"

실에 달린 만국기가 줄줄 나오는 느낌이다. 야구 얘기나 하고 있을 때가 아니다. 나루세로도 충분하다. 이 캐릭터를 살리는 게 중요하다.

"그런 게 재미있나?"

나루세가 의심스러운 표정을 지으며 팔짱을 끼었다. 숨 쉬듯 어마어마한 소리를 해대는 인물이다. 거기에 숨은 웃음을 깨닫지 못하는 것도 무리는 아니다.

"더 재미있게 하려면 아무래도 나루세가 바보 역할을 하는 게 좋을 듯해. '난 2백 살까지 살 생각인데'라고 나루세가 말을 꺼내면 내가 '기네스 기록이 크게 갱신되겠네'라고 지적하는 거야. 아니, 구박해야지!"

"시마자키가 개그에 이렇게 열정적인지 몰랐다."

나루세가 감탄한 듯 말했으나 나는 개그가 아니라 나루세에 열정적이다. 그 재미를 널리 알리려면 어떻게 해야 할까.

"내가 2백 살까지 살겠다고 하면 시마자키가 '그러면 나는 3백 살까지 살 거야'라고 얼빠진 소리를 하는 것도 좋을 듯한데."

나루세가 제시한 아이디어도 좋을 듯하다. 이토록 정답을 알 수 없을 줄은 몰랐다. 그래서 그 많은 개그맨이 양성소에 다니는 거겠지. 첫 번째 주는 나루세가 쓴 야구 소재도 나쁘지 않을 듯했다.

"생각보다 어렵다."

나루세가 머리를 긁적였다.

"나루세는 올해 어디까지 가고 싶어?"

"일단은 출전만으로도 좋다고 생각한다. 이렇게 짧은 준비 기간으로 1회전을 돌파하겠다고 생각할 만큼 어리석지는 않다. 하지만 시마자키의 이야기를 듣고 전력을 다해야겠다고 생각했다."

나는 수긍했다. 지금 가진 힘으로 최고의 만담을 선보이고 싶다는 마음은 공유했다.

"나도 아이디어를 생각해볼게. 다시 내일 얘기하자."

"그러자."

그날 밤, 수첩에 아이디어를 적어보려고 시도했으나 인사 부분 두 줄을 썼을 뿐인데 샤프펜슬이 멈추고 말았다.

실마리를 잡고 싶어서 유튜브로 M-1 그랑프리 1회전 동영상을 검색해봤다. 검색 결과에는 '나이스 아마추어 상'이라고 적힌 동영상이 쭉 나왔다. 나이스 아마추어 상은 합격 여부와 관계없이 뛰어난 만담을 보인 아마추어 콤비에게 주는 상인 모양이다.

솜씨나 보자는 심정으로 가볍게 재생했는데 생각보다 재

미있어서 자세를 바로잡았다. 어느 콤비나 목소리가 또렷했고 무엇을 말하는지 잘 들렸다.

결승전 연기 시간은 4분이지만, 1회전은 2분이라는 요소도 중요하다. 너무 짧아 만담이 안 되는 게 아닐까 걱정했는데 제대로 중심을 잡으면 만족도가 높은 만담이 된다. 오히려 시간 여유가 없는 만큼 속속 얼빠진 소리가 이어져 농도가 높은 느낌이었다.

일단은 힘을 빼고 나루세의 얼굴을 떠올리면서 자연스러운 대화를 적어보기로 했다.

나루 "나는 2백 살까지 살 생각이야."

시마 "기네스 기록이 크게 갱신되겠네."

나루 "이미 인생 설계도 다 세웠어."

시마 "얘기해봐."

나루 "140살에 결혼."

시마 "갑자기 백 년 뒤 얘기야? 좀 더 가까운 얘기를 좀 해라."

나루 "그러면 다시 돌아오겠어. 15살, 길에서 천 엔을 주워 경찰서에
      신고해."

시마 "이번에는 너무 사소하잖아!"

나루 "22살, 세이부 라이언스 드래프트 지명."

시마 "야구 해본 적도 없는데?"

나루 "(연기하며) 진짜 지명될 줄은 몰랐지."

시마 "앞으로의 의욕을 들려줘봐."

나루 "일단 규칙을 외워야지."

시마 "전국 야구팬들이 악플을 달 거야!"

써보니 바보 역할이 약하게 느껴졌다. 나루세를 재밌게 생각했는데 여중생이 하는 말과 행동이라 재미있었을 뿐 만담의 바보 역할로까지 끌어올리기에는 연구가 필요할 듯하다.

다음 날, 하굣길에 나루세와 아이디어에 대해 말했다.

"프로 개그맨이 얼마나 재미있는 건지 통감했다."

나루세의 말처럼 프로와는 수준이 전혀 달랐다.

"목소리만 크게 내면 대충 될 줄 알았는데 아무래도 그게 아닌 듯하다."

"설마 그리 쉽지는 않겠지."

평소 담담하게 말하는 나루세가 큰 소리로 말한다는 것만으로도 웃음이 나왔다. 언터처블 같은 느낌일까.

"맞다. 언터처블의 만담을 일단 그대로 따라 해볼래?"

초등학생 때 국어 교과서 본문을 통째로 베껴 쓰는 숙제가 있었다. 옛날 사람도 아니고 왜 손으로 굳이 옮겨 적어야 하나 생각했다. 선생님은 훌륭한 문장을 베껴 쓰는 것만으로도 문장의 리듬을 배울 수 있다고 했다. 마찬가지로 훌륭한 만담을 그대로 연기해보면 뭔가 배우는 게 있을지 모른다.

집에 돌아와 태블릿으로 검색하자 M-1 그랑프리 결승전에 선보였던 개그 대본이 나와 있었다. 동영상을 보며 흐름을 잡고 나루세가 바보, 내가 구박 담당을 해보았다. 우리의 연기력은 너무도 부족했으나 대본의 수준이 높은 덕분인지 아마추어인 우리가 대화를 주고받았을 뿐인데도 리듬이 생긴다. 나루세는 큰 목소리라고 할 정도는 아니었으나 평소보다 텐션을 높여 발성하고 있는 듯했다.

"그냥 이대로 하고 싶은 마음이 드는구나."

나루세도 느낌이 온 듯하다.

"표절은 안 돼."

"하지만 결국은 그런 거 아닐까? 아마추어는 프로의 영향을 받아 그럴듯한 만담을 하는 수밖에 없잖나."

확실히 그럴 것이다.

"중간에 이렇게 촌극처럼 변하는 흐름이 좋다."

"콩트 만담이야."

나루세는 수첩에 새로 아이디어를 쓰기 시작했다.

시마 "최근 집 근처에 있던 오쓰 세이부백화점이 문을 닫았어."

나루 "그런 일도 있었지(감개에 젖은 눈을 한다)."

시마 "왜 갑자기 옛날 일인 것처럼 구냐! 지난달 일이라고!"

나루 "그곳에 내가 새 백화점을 세우기로 했어."

시마 "혼자?!"

나루 "(연기에 들어간다) 여러분, 오늘 오쓰 나루세백화점의 오프닝

세리머니에 와주셔서 정말 감사합니다!"

시마 "보통 창업자가 직접 그런 말은 안 하지 않나?"

나루 "이곳은 비와호에 떠오른 최고의 입지!"

시마 "비와호 위에 지어?"

나루 "28층짜리 건물에서 편안히 쇼핑을 즐기시길 바랍니다."

시마 "말도 안 되는 건축물이네."

나루 "그리고 엘리베이터와 에스컬레이터는 없으므로 계단을 이용

하시길 바랍니다."

시마 "누가 걸어서 28층까지 다니냐!"

나루 "참고로 28층이 식품매장입니다."

시마 "제일 꼭대기는 곤란하지! 식품 반입도 제일 힘들고!"

"굉장해. 괜찮아졌어."

언터처블 덕분인지, 처음 대본과 비교하면 훨씬 만담 같아졌다. 이 정도라면 개그라는 분야의 문턱 정도는 밟아볼수 있을지 모른다.

"어느 정도 아이디어가 정리되면 연습하면서 고치는 게좋겠다. 9월은 바쁠 테니까 얼른 만들어두고 싶다."

9월 16일에는 학교 축제, 25일에는 모의고사가 있다. 매년 축제에서는 전교생이 체육관에 모여 합창대회를 하는데 올해는 코로나로 인해 각 반에서 동영상을 만들어 학년끼리 모여 감상한다.

동영상 제작은 반에서 눈에 띄는 애와 동영상 편집을 잘하는 애가 중심이 되어 하고 있어서 나 같은 학생 대부분은 걔들이 하라는 대로 움직이면 그만이다. 그러니 합창대회보다 훨씬 편하다.

"나루세의 반은 어떤 동영상을 만들어?"

"드라마 형식으로 각자가 한 가지씩 장기를 선보여야 한다. 나는 마술."

나루세는 들고 있던 샤프펜슬을 사라지게 했다.

"아니, 그런 특기가 있었어?"

바로 옆에서 봤는데 어디로 사라졌는지 도통 알 수 없었다.

"연습하면 누구나 할 수 있다."

나루세는 다시 어디선가 샤프펜슬을 꺼내 대본을 계속 썼다. 만담도 연습하면 될 수 있을지 모르겠다는 생각이 들었다.

나루세백화점 대본이 완성되자 방향이 보이기 시작했다. 등굣길이나 하굣길에 아이디어 회의를 하고 그때마다 더 명확한 대사나 웃길 수 있는 표현으로 바꿔 나갔다. 저도 모르게 열중하는 바람에 지나가는 반 아이들의 "안녕!"이라는 소리를 듣지 못할 때도 있었다.

"이제 슬슬 무대에 서보자."

"뭐?"

원래 나는 아무에게도 보여주지 않고 M-1 그랑프리 1회전에 도전할 생각이었다. 나루세의 생각이니 보여줄 사람도 미리 정해져 있을 것이다. 너무나 불길한 예감이 들었다.

"누구에게 보여줘?"

"2학년들."

나루세의 의도를 깨닫고 양손으로 얼굴을 덮었다.

"축제 자유 발표에 신청했다."

축제에서 각 반이 발표한 뒤 피아노나 밴드 등 원하는 사람은 자유롭게 발표할 수 있다. 출연자는 240명 가운데 10명 정도로 상당히 뛰어난 실력을 갖춘 사람이나 관심받길 좋아하는 사람이 자진해 출연한다.

"신청하기 전에 나랑 논의했어야지."

"아니, M-1 그랑프리에 나갈 거니까 학교 축제 정도는 아무것도 아닐 듯해서."

나루세의 인식은 완전히 거꾸로 되어 있다. 모르는 사람만 있는 온천에 들어가는 일은 전혀 부끄럽지 않듯 M-1 그랑프리 심사위원에게 보여주는 편이 훨씬 마음 편하다.

"무리야. 나루세 혼자 마술이나 하면 되잖아."

"M-1 그랑프리 전에 전혀 웃기지 않는지, 조금 웃기는지 알아두고 싶다. 시마자키도 애써 연습했으니까 만담을 보여주고 싶지 않나?"

"싫어. 썰렁하면 부끄럽잖아."

반 대다수에 속하는 평범한 학생인 내가 자유 발표에 나가 태연히 만담하는 데는 저항감이 있다.

"그렇다면 시마자키는 얼굴을 감추면 어떤가?"

프로레슬러처럼 복면을 쓰고 무대에 오르는 모습을 상상했는데 그게 나란 사실이 알려지면 훨씬 더 부끄러울 듯하다.

"음. 나는 억지로 하게 된 걸로 해주면 안 될까?"

나루세는 학년에서 유명한 괴짜다. 나루세에게 얽혀 어쩔 수 없이 출연하는 식으로 꾸미면 다들 납득해주지 않을까.

"아아. 그래도 된다. 열심히 하자!"

나루세는 마스크의 위치를 고치며 양손으로 주먹을 쥐어 보였다.

축제 전날 리허설에서 자유 발표 출연자가 체육관에 모여 출연 순서와 서는 위치를 확인했다. 제제카라는 자유 발표의 첫 번째 순서로, 대놓고 바람잡이 취급이었다. 우리 뒤에는 구니토모 리라의 피아노 연주와 쓰지마의 저글링, 오사와 밴드팀이 등장한다.

"나라면 만담은 절대 못 할 거야. 기대할게."

같은 초등학교를 나온 리라가 발랄하게 말을 걸어왔으나 속으로는 바보 취급이나 하는 게 아닌가 하는 피해망상에 시달렸다.

무대 옆에서 대기하고 있을 때부터 초조해져서 마음을 놓을 수 없었다. 나루세는 태어나서 이렇게 긴장한 건 처음이라고 대놓고 얘기했을 뿐 평소와 다름없는 태도였다.

"진짜는 내일이니까 오늘은 편하게 하면 된다."

"그렇지만."

무대에는 합창대회 때 서본 적 있으나 반 전원이 다 함께 서는 일과 단둘이 서는 건 전혀 다르다.

"첫 번째 순서는 제제카라의 만담입니다! 어서 나오세요."

MC를 맡은 실행위원의 호명에 따라 나와 나루세는 무대로 나갔다. 파이프 의자가 놓인 객석에는 실행위원 셋이 덜렁 앉아서 어떻게 보이는지 확인하고 있다. 달랑 셋뿐인데 시선이 집중되자 얼굴이 뜨거워졌다.

"아이고. 안녕하십니까!"

딱히 "아이고, 안녕하십니까!"라고 하지 않아도 될 듯했으나 그 많은 개그맨이 개그를 시작할 때마다 이 말을 쓰니 이게 제일 적합할 것이다.

"최근 집 근처에 있던 오쓰 세이부백화점이 문을 닫았어."

만담이 시작되면 조금 차분해지리라고 생각했는데 전혀 그렇지 않았다. 대사를 틀리면 어쩌지? 순서를 잊으면 어쩌지? 걱정이 태산 같았다. 나는 나루세에게 억지로 끌려 나와 구박하는 역할을 하는 중이라고 스스로 다독이며 평정심을 유지하려 했다.

"옥상은 낙하산을 타고 내려가게 할 겁니다."

나루세가 대본에 없는 애드리브를 날렸다. 프로그램에 없는 말에 구박해야 하는 나는 공황 상태가 되었다.

"어? 뭐? 그럴 수는 없지!"

한번 애드리브에 당하자 또 당하지 않을까 싶어 방어적인 태세가 되고 만다. 그러나 더 이상의 애드리브 없이 대본대로 "이제 그만하자! 감사했습니다"라는 대사까지 간신히 끝냈다. 실행위원의 썰렁한 박수를 들으면서 무대 옆으로 물러났다.

"정말 즐겁구나."

나루세는 목에 두른 라이언스 수건으로 이마의 땀을 닦았다.

"하나도 안 즐거웠어! 왜 애드리브를 넣어?"

"리허설이니까 어떨지 시험해보고 싶었다."

나루세는 반성의 기색도 없이 태연히 말했다.

"본 무대에서는 절대 하지 마."

"알았다. 애드리브 때문에 시마자키가 제대로 못 하면 안 하는 게 낫겠구나."

애드리브 금지에는 동의해주었으나 240명 앞에서 만담을 해야 하는 일정에는 변함이 없었다. 본 무대만 생각하면 위가 저릿저릿 아팠다.

축제 당일은 자유 발표를 앞둔 탓인지, 퀴즈 대회에도 반 동영상에도 전혀 집중하지 못했다.

그래도 유일하게 나루세의 반 동영상은 꼼꼼히 봤다. 나루세는 의문의 마법사로 등장해 아무것도 없는 곳에서 열쇠를 출현시키더니 주인공에게 건네는 중요한 역할이었다. 다른 반 애들은 친한 그룹별로 출연했는데 나루세만 혼자 붕 뜬 존재처럼 보였다.

모든 반의 동영상을 다 보자 10분의 휴식이 주어졌다. 출연해야 하는 우리는 무대 옆으로 이동해 유니폼을 입었다. 어제보다 더 긴장한 듯 단추를 채우는 손가락이 덜덜 떨렸다.

"나루세는 어떤 순간에도 긴장되지 않아?"

"긴장이 뭔지 잘 모른다. 빨리하고 싶어서 두근거리는 것도 긴장인가?"

"그건 좀 아닌 것 같아."

휴식 시간이 끝나고 각자 자리에 앉는다. 출연 순서가 다가옴에 따라 숨이 잘 안 쉬어졌다.

"연습을 정말 많이 했으니까 다 잘될 거다."

나루세가 내 왼쪽 어깨에 손을 올렸다.

"분명 괜찮을 거야."

나도 속으로 같은 말을 되풀이했다.

"첫 번째는 제제카라의 만담입니다. 어서 나오세요."

MC가 자유 발표의 시작을 알리고 호명했다.

"아이고. 안녕하십니까!"

중앙에 놓인 마이크 앞에 선 순간, 머릿속이 새하얘졌다. 마스크를 쓴 240명의 동급생이 파이프 의자에 앉아 이쪽을 보고 있다. 좀 더 소란스러우리라고 생각했는데 사회적 거리두기를 유지하고 있어서 누구도 떠들지 않고 있다. 이런 데까지 코로나의 영향이 있을 줄은 몰랐다.

내가 소리를 내지 못하고 있자 나루세가 혼자 목소리를

높여 운을 뗐다.

"제제에서 온 제제카라입니다. 잘 부탁드립니다."

"아니, 다들 제제에서 왔단 말이다!"

나는 순간 떠오른 말을 내뱉고 말았다. 말도 안 되는 애드리브, 게다가 간사이 사투리였다. 나루세의 눈에 순간 동요의 빛이 깃들었으나 곧 큰 목소리로 응전해왔다.

"우리 중학교, 오쓰역이 제일 가까운 사람도 있다고!"

이로써 바보와 구박 역할이 뒤집히고 말았다. 나는 서둘러 정해진 대사로 돌아왔다.

"제제라는 얘기를 들으니 세이부 오쓰백화점이 문을 닫았지."

"오쓰 세이부백화점이야!"

나루세의 지적에 소규모지만 웃음이 일었다.

"그런 일이 있었지."

리듬이 흐트러진 나는 다음 나루세의 대사를 하고 말았다.

"왜 그렇게 옛날이야기처럼 하냐! 지난달 이야기라고!"

나루세도 내 대사로 뒤를 이었다. 바보와 구박 역할이 바뀐 채 달리고 있다.

"그곳에 내가 백화점을 짓기로 했어."

"좋구나! 꿈은 클수록 좋다고 교장 선생님이 말했으니까."

나루세는 교장 선생님을 놀릴 정도로 여유가 있는 모양이다. 나는 완전히 도망치고 싶은 심정이었으나 도중에 무대를 떠나는 일은 더 큰 용기가 필요했다.

"여러분, 오늘 오쓰 시마자키백화점의 오프닝 세리머니에 와주셔서 감사합니다. 창업자인 시마자키 미유키입니다."

"보통 창업자가 직접 그런 말은 안 하지 않나?"

평소와 다른 대사임에도 계속된 연습 덕분인지 몸에 스며 있다. 그대로 본래 역할과는 반대로 연기하다가 나루세의 "이제 그만하자! 감사했습니다"로 끝나고 말았다.

나는 더 익을 게 없는 벼처럼 깊이 고개를 숙였다. 심장이 쿵쿵 울렸다.

재빨리 무대 옆으로 들어가자 나루세가 흥분하며 내 등을 두드렸다.

"오늘의 시마자키, 엄청나게 웃겼다!"

"그렇지 않아. 완전 실패였어."

"아니야. 보는 사람은 전혀 몰랐을 거다. 제대로 먹히지 않았을까?"

혼란한 와중에도 여기저기에서 터져 나오는 웃음소리는 들었다.

"나도 오늘이 더 재밌는 것 같아!"

무대 옆에서 출연을 기다리던 리라가 우리에게 엄지를 세워주고는 한 손에 악보를 들고 무대로 나갔다.

"구니토모도 그렇게 말하니 자신을 가져라. 역시 내가 지적하고 시마자키가 바보 역할을 맡는 게 어울린다. 아이디어의 제목을 시마자키백화점으로 바꾸고 다시 연습하자."

심장 소리가 가라앉으면서 오늘의 실패도 나쁘지 않은 느낌이 들었다. 모두의 웃음소리와 리라의 감상이 그 근거다. 전보다 좋아진다면 순순히 받아들이는 게 좋을 것이다.

"알았어. 내가 바보 역할을 맡을게."

"좋았어!"

나루세는 흔쾌히 고개를 끄덕였다.

"더 성장할 방법을 발견했다. 첫 출전에 1회전 돌파도 가능할지 모른다."

이게 바로 나루세다. 내가 그녀의 발목을 잡지 않도록 바보 역할을 더 열심히 연습해야겠다. 리라의 경쾌한 연주가 제제카라의 제2장 개막을 아름답게 색칠해주는 듯했다.

　축제가 끝나고 우리에게 반응이 왔다. 재밌었다는 이야기를 들으면 그냥 하는 인사라도 기뻤다. "나루세가 바보 역할일 줄 알았는데"라고 말하는 사람에게 "그렇지?"라고 대답하며 웃어주었다.

　"축제 실행위원이 우리 영상을 찍어 DVD로 구워줬다. 같이 보자."

　축제 이틀 뒤인 9월 18일의 하굣길, 나루세가 말을 꺼냈다. 결과가 좋았다고 해도 자기가 한 실수를 보고픈 마음은 생기지 않았다.

　"에이. 나루세 혼자 봐."

　"아니다. 시마자키는 완벽했다. 관객의 눈으로 보니 내 구박이 문제였다."

　영 내키지 않았으나 나루세의 뜻은 알겠다.

　"알았어. 우리 집에서 보자."

　다행히 엄마가 없어서 거실 TV로 재생했다. 세이부 라이언스 유니폼을 입은 우리가 "아이고. 안녕하십니까?"라며 나오는 모습을 보기만 해도 부끄러워 이상한 웃음소리를 내고 말았다.

"아니, 다들 제제에서 왔단 말이다!"

제제카라의 운명을 바꾼 한 마디는 생각보다 큰 목소리였다. 소리를 높인 나루세의 목소리도 잘 들렸다. 작지만 웃음소리도 들려왔다. 둘이 만담을 한다는 게 느껴졌다.

"역시 이때 시마자키에게 신이 내렸다. 본 무대에 강한 타입이다."

나루세는 아주 기뻐했으나 객관적으로 보니 서툰 부분이 두드러졌다. 특히 뜻밖의 역할 역전에 대사를 안 틀리려고 필사적으로 애를 쓰며 눈을 이리저리 굴리며 당황하는 내가 문제였다.

"좀 더 당당하게 대화하는 듯한 분위기로 하는 게 좋겠어."

만담의 가장 기본이 안 되고 있음을 깨달았다.

"맞다. 3년 전부터 준비해온 듯한 허세가 필요하다."

우리는 DVD를 다시 틀고 아주 사소한 부분까지 짚으며 의논했다. 나루세와 내가 아니라 제제카라라는 만담 콤비를 본다는 관점에서 보니 의외로 괜찮았다.

"내일부터 4일 연휴인데 시마자키는 무슨 일 있나?"

"없어. 시험 전이니까 집에서 공부해야지."

그래 봤자 겨우 두 시간쯤 공부하고 나머지 시간은 동영상을 보며 늘어져 지낼 게 뻔했다.

"그러면 매일 5시에 올 테니까 조금씩 연습하자. 이런 일은 매일 해보는 게 중요하니까."

9월 19일부터 22일까지 4일 연휴 동안 나루세는 선언대로 5시에 우리 집에 와서 아이디어 회의를 했다. 이런 꾸준한 노력을 아끼지 않는 점이 나루세답다.

아이디어의 완성도도 올라가 첫 번째 야구 얘기에 비하면 확실히 발전했다. 1회전 통과나 나이스 아마추어상도 꿈은 아닌 듯도 했다.

"맞다. 우리 집합 시간이 정해졌다."

나루세의 말을 듣고 M-1 그랑프리 사이트에 들어가 보니 9월 26일에 출전하는 콤비 일람이 떠 있었다. 제제카라는 G그룹, 14시 25분 집합이라고 적혀 있다.

나루세가 돌아간 다음 다시 M-1 그랑프리 사이트를 살펴봤다. 내가 이름을 붙인 제제카라가 활자로 인터넷에 실린 게 기뻐 엄마에게 보여줬다.

"우리 이름이 실렸어."

"오로라소스와 같은 그룹이네!"

엄마는 출전자 명단을 보며 소리를 높였다.

"오로라소스?"

화면을 보니 우리보다 세 팀 위에 오로라소스라는 팀 이름이 적혀 있었다.

"요즘 자주 심야 프로그램에 나와. 구박하는 역할의 마요네즈 스미다가 정말 잘생겼어. 좋겠다. 나도 직접 보고 싶네."

"부모가 따라올 수 있는 나이는 초등학생까지야. 올해는 코로나로 관객 없이 치러서 객석도 없어."

"에이. 아까워라."

엄마가 그토록 관심을 보이는 오로라소스는 어떤 팀일까? 유튜브로 검색하니 오로라소스 공식 채널에 연기 동영상이 공개되어 있었다. 덩치 큰 케첩 요코오가 벌이는 다이내믹한 바보짓에 단정한 이목구비의 마요네즈 스미다가 우아하면서도 정확하게 구박한다. 스타일이 좋아 검은 정장이 잘 어울린다. 인기가 있는 것도 당연했다.

마요네즈 스미다의 트위터에는 M-1 그랑프리 출전을 응원하는 많은 댓글이 달려 있었다. 보낸 사람 프로필에는 일제히 '마요라'라고 적혀 있었는데 아무래도 마요네즈 스미다 팬을 지칭하는 명칭인 듯했다.

태블릿을 슬립 모드로 바꾸자 자연스레 한숨이 흘러나왔다. 이렇게 완성된 프로도 같은 무대에 서는구나. 엄마까지 제제카라보다 오로라소스에 관심이 많으니 그 차이는 너무나 확연했다.

어쩌면 제제카라도 1회전을 통과하지 않을까 생각했는데 그 어쩌면은 아무래도 없을 듯하다. 오사카까지 가서 보게 될 건 심사위원뿐이니 도대체 왜 가는 걸까. 생각이 안 좋은 쪽으로 흐르자 좀처럼 동기부여가 되지 않았다.

이럴 바에는 사정이 생겨 안 가게 되면 좋겠다고 생각했는데 모의고사를 끝내자마자 곧바로 9월 26일을 맞이하고 말았다. 정오 넘어 학교 교복 차림으로 집을 나서 영 내키지 않은 기분으로 나루세와 합류해 제제역에서 전차를 탔다.

둘이 전차를 타는 건 처음이었다. 나루세니까 "전차를 탔을 때는 발꿈치를 들고 서서 속 근육을 단련해야 한다"라고 할 줄 알았는데 비어 있는 2인용 창가 자리에 자연스레 앉기에 나도 옆자리에 앉았다.

"나루세는 오사카에 자주 가?"

"거의 안 간다. JR오사카역에서 지하철 우메다역으로 갈아탈 때 잘 헤매니까 미도스지선의 빨간 마크를 따라 신중하게 움직이라는 엄마의 조언을 들었다."

나 역시 전차 갈아타는 게 제일 걱정이었다. 오사카역에서 전차를 내려 조언대로 미도스지선이라고 적힌 안내판을 따라 걸었다.

"방탈출 게임 같네."

무사히 지하철 플랫폼까지 도착했을 때 어떤 야구팀 유니폼을 입은 커플과 스쳤다. 야구를 보러 가는 길인가 하는 생각이 스친 순간 절망적인 사실을 깨닫고 개찰구 앞에서 걸음을 멈췄다.

"왜 그러나?"

"유니폼 가져오는 걸 까먹었어."

축제가 끝나고 엄마에게 빨아달라고 해 옷장에 넣은 것까지는 기억한다. 틀림없이 오늘 옷장을 열었을 때도 안쪽에서 숨을 죽이고 있었다.

"미안해. 정말 미안해."

내 방심이 일으킨 결과다. 합장한 손을 이마에 대고 열심히 사과한다. 이제 곧 무대에 올라야 하는데 의상을 놓고 오다니. 엄마에게 가져다 달라고 해도 이미 늦었고 근처에서 구할 수도 없다.

"시마자키, 괜찮다."

고개를 드니 나루세는 평온한 표정으로 나를 보고 있었다.

"유니폼이 없어도 만담은 할 수 있다. 나야말로 제제역에서 미리 확인했어야 했다."

내가 나루세라면 분명 화가 났을 것이다. 속으로는 분노로 미쳐 날뛰고 있는 게 아닐까 의심하는데 나루세는 내 생각을 알아차린 듯 고개를 저었다.

"시마자키가 함께 와준 것만으로 됐다."

나는 안도했다. 나루세는 콤비 결성부터 지금까지 한 번도 나를 나무라지 않았다. 나의 기량과 태도에 대해 하고 싶은 말이 있었을 텐데 말이다.

"나루세. 내게 하고 싶은 말이 있으면 해."

"전혀 없다."

눈길을 피하는 나루세를 보고 확신했다. 나루세는 내게 기대하지 않는다. 파트너라기보다 복화술사가 든 인형, 마술사의 비둘기, 코미디언 '벌써 중학생'이 선보이는 종이상자 예술처럼 의미 없는 존재다.

애당초 떨떠름한 태도를 보인 내 탓이다. 이럴 줄 알았으면 축제에도 흔쾌히 나간다고 할걸 그랬다.

"진짜? 뭐든 다 말할 수 있는 콤비가 성장한다며?"

내가 부추기자 나루세도 뭔가 알아차린 표정을 지었다.

"그렇다면 오늘은 절대 대사를 틀리지 않았으면 좋겠다."

"알았어."

우리는 교통카드를 터치해 우메다역 개찰구를 통과해 지하철로 갈아탔다.

지상으로 나오자마자 아사히생명홀이 있는 빌딩이 있었다. 입구 근처에 많은 젊은 여성이 잔뜩 모여 있다. 이 사람들도 M-1 그랑프리에 나오나 하고 생각하면서 빌딩으로 들어가 엘리베이터를 타고 8층 접수대로 향했다.

"신청료를 내세요."

무슨 소린가 어리둥절해 있는데 나루세가 지갑에서 2천 엔을 꺼냈다.

"어? 나도 낼게."

"아니다. 내가 하자고 한 거니까 신경 쓰지 마라."

바로 고개를 젓고 지갑에서 천 엔짜리를 꺼냈다.

"나는 네 파트너야."

"그런가?"

나루세는 흐뭇한 표정을 짓고 천 엔짜리 하나를 뺐다.

우리는 신청 번호가 적힌 표를 가슴에 붙이고 대기실로 이동했다. 마을회관의 회의실처럼 책상들이 쭉 놓인 방으로, 이미 세 팀의 출전자가 간격을 두고 대기하고 있었다.

오로라소스가 누구인지는 금방 알 수 있었다. 늘 검은 정장에 검은 우레탄 마스크를 쓰는 마요네즈 스미다는 얼굴을 가렸는데도 잘생김이 뿜어져 나왔다. 조금 전 입구에 있던 여성들은 출연자가 아니라 그들을 기다리는 마요라인 게 분명하다.

다른 두 팀은 젊은 남성 콤비와 할아버지와 초등학생 손자로 보이는 콤비였다.

"5082는 2×3×7×11×11이다."

나루세가 이유도 없이 우리 참가 번호인 5082번을 곱셈했다.

"무슨 소리야?"

"큰 숫자를 보면 소인수분해를 하고 싶어진다."

오로라소스의 참가 번호는 세 자리인 걸 보니 일찌감치 참가한 모양이다.

"자, 마지막으로 한 번 맞춰보자."

나와 나루세는 벽을 보고 서서 마지막으로 연기를 맞춰
봤다.

"나루세는 유니폼 입을 거야?"

"아니, 안 입는다."

둘 다 교복 차림이라 하얀 셔츠에 검은 치마라는 점에서
통일되어 있으나 신청 용지에 붙인 유니폼 사진과 비교하
면 특별한 느낌이 부족했다.

"나루세만이라도 입으면 좋잖아."

"아니. 이걸로 딱 좋을 것 같다. 전혀 관계도 없으면서 세
이부 라이언스 유니폼으로 캐릭터를 드러내려 한 건 안일
했다. 무엇보다 내용으로 승부를 봐야 한다."

그런 말을 하고 있는데 스태프가 와서 우리 네 팀에게 이
동하라고 했다. 오로라소스는 스마트폰으로 셀카를 찍고
있다. SNS에 '지금부터 갑니다'라고 올리려는 모양이다.

무대 옆에서 사회적 거리두기를 유지하면서 출연 순서를
기다렸다. 더 긴장할 줄 알았는데 현실감이 없어선지 발이
둥둥 떠 있는 것만 같다.

같은 그룹에서 첫 번째 출연자인 오로라소스는 신호와

함께 힘차게 무대로 뛰어나갔다. 기운찬 목소리가 들려오는데 웃음소리는 들리지 않는다.

"나루세는 오로라소스를 알아?"

내가 목소리를 낮춰 묻자 왜 갑자기 소스 얘기를 하냐는 표정이었다.

"지금 나간 콤비 이름이야."

나루세는 이제야 알겠다는 듯 고개를 끄덕였다.

"몰랐는데 프로 같다는 생각은 했다. 앞으로 형님이 될 수도 있으니 인사라도 제대로 해둘 걸 그랬나?"

"아니야. 요즘 세상에 용건도 없이 말을 거는 건 아닌 듯해."

말은 그렇게 하면서도 잠깐 말이나 걸어봤으면 좋았겠다는 생각도 했다.

앞 콤비의 출전이 끝나고 무대를 들여다보니 스태프가 마이크를 소독하고 있었다.

"드디어 우리다."

우리는 마스크를 벗어 주머니에 넣었다. 나루세 아카리의 역사에 M-1 그랑프리 출전이 새겨지는 순간이다. 시작 음악이 울리자 "아이고! 안녕하십니까!"라며 마이크 앞에 섰다.

정면을 향해 선 내 눈에는 일단 빈자리가 들어왔다. 최대 368명을 수용할 수 있는 홀 한가운데 달랑 네 명의 심사위원이 거리를 두고 앉아 있다. 그 뒤에는 스태프들이 드문드문 있는 것이 전부로, 좌석 대부분이 갈색 등받이를 보이고 있었다. 코로나가 아니라면 열성 개그 팬들이 앉아 있었으리라. 축제에서 240명 앞에 섰을 때가 더 긴장되었다.

"제제에서 온 제제카라입니다. 잘 부탁드립니다."

나루세의 목소리를 듣고 아, 하던 대로 가는구나 싶어 안심했다.

"최근 집 근처에 있는 오쓰 세이부백화점이 문을 닫았어."

"그런 일도 있었지."

"왜 그렇게 오래된 얘기처럼 하냐! 지난달 일이잖아!"

매일 한 연습이 오늘 한 번으로 끝나버린다. 그렇게 생각하자 정수리로 영혼이 빠져나가는 듯한 느낌이 들어 서둘러 정신을 집중했다. 객석에서는 전혀 웃음소리가 들리지 않았으나 그런 것쯤은 어찌 되든 상관없다. 나루세와 약속한 대로 대사를 틀리지 않고 마무리해야 한다.

연기하면서 나루세를 부감하듯 보는 느낌이 들었다. 지금은 손에 꼽을 만큼의 사람밖에 없으나 언젠가 나루세는 엄청난 사람이 모인 무대에 설 것이다. 가능하다면 나도 곁에서 지켜보고 싶다.

"이제 그만하자! 감사했습니다!"

나는 깊이 숙였던 고개를 들어 빈자리뿐인 객석을 눈에 담았다.

"어쩐지 꿈만 같구나."

나루세는 그렇게 말하고 가리가리군* 소다 맛을 주물럭거렸다.

만담을 끝낸 우리는 곧장 제제역으로 돌아왔다. 역을 나오니 익숙한 풍경이 펼쳐져 있어서, 딱 한 시간 전까지 오사카라는 대도시에 있었다는 게 거짓말 같았다. 그대로 돌아가는 것도 섭섭해 나루세에게 세븐일레븐에서 아이스크림을 사서 반바공원 벤치에서 먹자고 제안했다.

초코민트 바를 먹으면서 오쓰 세이부백화점이었던 길 건너 건물을 바라봤다. 이미 사람의 출입은 끊어진 채 철거

---

* 일본의 유명한 아이스크림 이름

되기를 조용히 기다리고 있다.

"결과 발표는 언제야?"

"오늘 21시다."

나루세는 다 먹은 가리가리군 막대기를 봉투에 넣었다.

결과 발표는 내 방에서 함께 봤다. 제제카라는 1회전 탈락. 나이스 아마추어상도 다른 콤비가 받았다. 그렇게 쉽지 않으리라는 건 알았는데도 그래도 아쉬웠다. 나루세의 모습을 살피니 표정 변화 없이 고개만 끄덕이고 있었다.

오로라소스는 1회전을 통과했다. 마요네즈 스미다의 보고 트윗에는 축하 댓글이 쇄도했다. 조용하기만 했던 그 아사히생명홀에서 본인을 직접 만난 사실을 마요라들에게 자랑하고 싶어졌다.

"내년에도 또 나갈 거야?"

내가 묻자 나루세는 고개를 갸웃했다.

"첫 도전이니 이 정도일 줄은 예상했는데 역시 개그의 정점은 먼 것 같다. 일단 나갈 계획이기는 하지만, 내년이 되면 또 다른 일을 하고 싶을지도 모르겠다. 어쨌든 이로써 평생 'M-1 그랑프리에 나간 적 있어'라고 말할 수 있게 되었다."

나루세의 말을 듣고, 내 인생에도 M-1 그랑프리 출전 경력이 새겨졌음을 깨달았다. 올해 결승전은 그 어느 때보다도 재미있겠다.

　"생각보다 만담은 재밌었다. 내년에도 축제 때 또 하고 싶다."

　"에이. 나는 싫어."

　입으로는 싫다고 했으나 나도 축제가 더 즐거웠다. 둘이 유니폼을 입은 것도 좋은 추억이었다.

　나루세는 다시 수첩을 꺼내 뭔가를 적기 시작했다. 다음은 어떤 만담을 하게 될까. 이런 느낌으로 할머니가 되어서도 제제카라를 하고 있으면 최고겠다는 생각이 들었다.

계단에서는 달리지 않아

키오스크에서 산 형형색색의 구미 젤리를 먹으니 탱글탱글한 단맛이 피곤했던 뇌에 스며들었다. 오늘은 무사히 오사카역에서부터 앉아 왔다. 시가에서 산다고 하면 다들 엄청난 시골에서 산다고 생각하는데 신쾌속열차를 타면 40분 만에 오쓰역에 도착한다. 젊을 때는 서서 와도 괜찮았는데 마흔을 넘긴 지금은 어떻게든 앉고 싶다.

스마트폰으로 트위터를 여니 익숙한 아이콘이 늘어선 타임라인에 '충격' '슬프다'라는 문자가 보였다. 무슨 일인가 싶어 스크롤을 내려 자세한 내용을 찾다가 진원지를 발견했을 때는 입에서 젤리가 튀어나올 뻔했다.

'오쓰 세이부백화점 영업 종료하기로

오쓰 세이부백화점(오쓰시 니오노하마2)이 내년 8월 말로 영업을 종료하는 것으로 밝혀졌다. 이 백화점은 1976년 6월에 오쓰 세이부백화점으로 오픈했다. 1992년을 정점으로 최근에는 매상이 낮아져 44년의 역사에 막을 내리게 되었다.'

지금은 10월이니까 폐점까지는 채 1년도 남지 않았다. 입 안에 남은 젤리를 어금니로 씹으니 딸기도 사과도 아닌 맛이 퍼졌다.

—세이부가 끝내 사라지는구나.

나는 1977년생으로, 세이부와 함께 인생을 걸어왔다 해도 과언이 아니다. 최근에는 가끔 간 게 전부였으나 늘 곁에 있으리라 생각했다.

트윗을 읽고 있는데 LINE으로 마사루가 메시지를 보내왔다.

'게이타도 세이부 뉴스 봤어?'

소꿉동무인 마사루는 오쓰 세이부백화점 근처 도키메키자카에 사무소를 차린 변호사다. 아내와 두 아들과 함께 니오노하마의 아파트에서 살고 있다. 본가에서 사는 독신인 나는 불러내기 쉬운 상대라 그런지 요즘도 종종 만나고 있다.

'봤어.'

'일요일, 세이부에 안 갈래?'

내가 답장하자 곧바로 답장이 왔다. 새삼 지금 가봤자 어쩔 수 있는 것도 아니었지만 가고 싶은 마음이 동했다. 내가 승낙하자 오후 3시에 입구 앞에서 보기로 했다.

스마트폰 화면을 다시 트위터로 바꿨다. 팔로잉 5백, 팔로워 50명을 밑도는 작은 계정에 별것도 아닌 얘기를 가끔 쓰고 있다. 가명으로 운영하고 있어 진짜 친구는 아무도 모를 것이다.

마사루가 본명에 자기 얼굴을 프로필 사진으로까지 쓰며 트위터를 하고 있음을 알지만, 팔로잉하지 않았다. 세이부 폐점에 관해 뭐라고 언급했나 궁금해 검색하니 뉴스 기사 링크를 달고 '섭섭하네'라는 한 마디와 우는 얼굴 이모티콘을 올렸다.

오쓰 세이부백화점 폐점을 보도한 오우미일보 트윗에 '드디어 이날이 왔구나'라는 글을 붙여 트윗을 인용했다.

나의 사소한 업데이트는 오쓰 시민의 트윗 흐름에 바로 묻혔다.

사흘 후, 약속대로 세이부에 도착하자 물색 셔츠를 입은 마사루가 모르는 아저씨와 담소를 나누고 있었다.

"그럼, 또 보지!"

아저씨는 내가 다가가자 인사하고 자리를 떠났다.

"여전히 인맥이 넓구나."

이 근처를 걷고 있으면 사람들이 자주 마사루에게 말을 걸어온다. 그의 친근감은 가히 천재적이라 곧 의원이 되는 게 아닐까 싶다.

"다들 뉴스를 보고 온 건가? 평소보다 사람이 많네."

마사루가 안경테를 고쳐 쓰면서 말했다. 우리처럼 일행을 기다리는 손님도 많은 듯 여기저기에 "오랜만이야"라고 외치는 원이 생겨 있었다.

백화점으로 들어가자 익숙한 세이부 라이언스 응원가가 흘러나왔다. 폐점이 발표되었다고 해서 달라지는 것도 없는 듯 평소처럼 운영하고 있었다.

우리는 별다른 목적도 없이 매장을 둘러보며 돌아다녔

다. 마사루가 왕년의 사소한 에피소드를 이야기할 때마다 나는 감탄했다.

"용케 그런 것까지 기억한다!"

"맞다. 옥상에 아직도 올라갈 수 있나?"

6층까지 왔을 때 마사루가 말했다.

신사만 덜렁 서 있는 옥상은 좋게 말하면 경건하고 나쁘게 보면 썰렁한 분위기를 자아낸다. 초등학생 때는 자주 왔는데 어른이 된 뒤로는 온 적 없다.

"가볼까?"

우리는 옥상으로 이어지는 큰 계단으로 이동했다. 옛날에는 성에서 떼어온 듯 번쩍였던 대리석 스타일의 계단도 지금은 전체적으로 거무튀튀하게 더러웠다.

"초등학교 3학년 때 다 같이 달리기 경주하다가 점장에게 혼났잖아."

"그런 일도 있었지."

계단을 오르면서 말하자 마사루는 그리운 듯 말했다.

점장은 키가 크고 정장도 구두도 반짝반짝 윤이 나서 배우처럼 보였다.

"다치면 위험하니까 달리지 마라."

간사이 사투리로 혼나는 데 익숙했던 우리는 도쿄 말로 온화하게 타이르는 점장의 말에 다들 순순히 고개를 끄덕이고 말았다.

가장 꼭대기인 7층까지 계단을 올라가 봤지만, 그 앞은 철책으로 막혀 있었다. 철책은 쉽게 넘을 수 있는 높이였으나 마사루는 웃으며 말했다.

"직업상 들어갈 수는 없겠네."

가령 이곳을 통과하더라도 옥상으로 통하는 문이 잠겨 있어 밖으로 나가지 못할 것이다.

"이제 다시는 못 올라가네."

입 밖으로 말을 꺼냈더니 갑자기 가슴이 아팠다. 여기까지 즐겁게 추억을 되짚으러 왔는데 갑자기 현실에 가로막힌 듯했다. 나도 마사루도 한동안 침묵을 지키며 철책 너머를 바라봤다.

"차라도 마실까?"

정신을 차린 듯 마사루가 말했다. 같은 층의 식당가 쪽으로 걷는데 남자 둘이 꼬치돈가스 가게에서 나오는 게 보였다.

"어라, 마사루?"

어디선가 본 듯한 잘생긴 남자가 말을 걸어왔다.

"우와! 류지와 쓰카모토 아니야!"

내가 기억을 떠올리기도 전에 마사루가 말했다. 류지도 쓰카모토도 초등학교 동창이다. 둘은 이미 오쓰를 떠났는데 세이부 폐점 뉴스를 듣고 왔다고 한다.

"나는 지금 오쓰에서 변호사로 있어."

"알아. 요시미네 마사루 법률사무소 앞을 지나왔거든."

"게이타는 어떤 일 해?"

"오사카의 web 사무소에서 홈페이지 만들어."

그대로 넷이 근황을 주고받고 있는데 뒤에서 부르는 소리가 들렸다.

"혹시 마사루 아닌가요?"

돌아보니 같은 세대의 여성 둘이 서 있었다.

"앗, 이게 무슨 일이야? 아이자와와 이마이지?"

마사루의 초인적인 기억력 덕분에 자연스럽게 기억이 되살아났다.

"오랜만에 처녀 때 성으로 불렸다!"

둘은 얼굴을 마주 보며 웃었다.

"저기서 파르페 먹고 오는 길이야."

동그란 얼굴의 이마이가 카페 미레를 가리키며 말했다.

"세이부가 문을 닫는다는 말을 들으니까 가만히 있을 수가 없어서."

아이자와는 도쿄에서 굳이 신칸센을 타고 달려왔다고 한다. 결혼식 뒤풀이에 어울릴 법한 원피스 차림을 보니 힘을 좀 준 듯하다. 그리고 보니 다들 빨강과 검은색 책가방을 메던 시대에 아이자와만 분홍색 책가방이었다.

"우리도 지금 우연히 만났어."

"어머! 말도 안 돼."

"류지는 여전히 잘생겼네."

"옛날에는 정말 인기 많았지."

제각각 대화가 시작되어 헤어지기 어려운 분위기가 되었다. 이런 집단이 선술집 앞에서 길을 막고 통행을 방해하는 일이 종종 있지. 이런 생각을 하고 있는데 마사루가 목소리를 높였다.

"이런 곳에 서서 얘기하는 것도 좀 그러니까 우리 사무소에서 한잔할래?"

수영장에서 자유시간을 얻은 초등학생들처럼 네 사람의 눈이 반짝였다.

"어머, 괜찮아?"

"가자, 가."

"게이타도 가지?"

내가 당황한 표정을 짓고 있었는지 마사루가 조그만 목소리로 확인해왔다. 오늘은 마사루를 만나기로 했던 만큼 유니클로 폴로셔츠에 청바지라는 편한 차림으로 왔다. 솔직히 귀찮았으나 한창 좋은 분위기에 찬물을 끼얹기도 멋쩍어 미소를 짓고 말했다.

"물론이지."

1층 슈퍼마켓에서 술과 안주 종류를 사서 세이부를 나섰다. 도키메키자카 언덕 중간쯤에는 우리가 나온 초등학교가 있다.

"도키메키초등학교네."

정문에 내걸린 '오쓰시립 도키메키초등학교'라는 학교 명판을 보고 쓰카모토가 쓴웃음을 지었다. 우리는 분명 이곳에서 공부했으나 당시에는 이름이 오쓰시립 반바초등학교였다. 헤이세이(1989~2019) 초기, 공모를 통해 이 지역에 도키메키자카라는 애칭이 붙는 바람에 학교 이름까지 도키메키로 변경된 것이다.

언덕을 더 오르자 요시미네 마사루 법률사무소라는 파란 간판이 보이기 시작했다. 사무소 앞은 수없이 지나다녔으나 안에는 처음 들어가는 것이었다.

안내받아 들어간 상담실에는 블라인드가 내려진 커다란 창문이 있고 하얀 직사각형의 테이블에는 의자 여덟 개가 놓여 있었다. 사온 맥주와 츄하이, 소프트드링크와 안주를 적당히 늘어놓았다.

"그러면 다들, 이번 재회에 건배!"

마사루의 선창에 따라 모두 "건배!"라고 소리를 높였다. 나도 사람들과 함께 캔을 부딪치고 부드러운 복숭아 츄하이를 한 모금 마셨다. 한숨 돌리자 모두 일제히 이야기를 쏟아내기 시작했다. 처음에는 그다지 내키지 않았으나 막상 시작하니 그럭저럭 괜찮은 기분이었다.

"이 유자후추칩, 엄청 맛있어. 이 근처에서는 세이부에서만 팔아. 문 닫기 전에 잔뜩 사놔야지."

이마이가 낯선 감자칩을 권했다. 그 모습을 보고 옛날부터 똑 부러지는 엄마 캐릭터였던 게 떠올랐다. 한 개 받아 입에 넣었는데 내 취향은 아니었다.

"인터넷으로 살 수 있지 않을까?"

"그렇지만 어쩌다 들러 한 봉 사는 게 좋은데."

"나는 손님 접대용 과자 살 데가 없어져서 곤란해."

내가 기노코노야마*로 입맛을 되돌리고 있는데 마사루가 말한다. 우리 어머니도 "언제든 편하게 이용했었는데 불편해지겠어"라고 말했던 것으로 봐서 지역 주민의 생활에 깊이 뿌리를 내리고 있었음을 알 수 있다.

"아까 게이타랑 옥상에 가려고 했더니 울타리가 쳐져 있어서 못 들어갔어."

마사루가 말하자 쓰카모토가 자신만만하게 대답했다.

"거기는 버블 경제가 붕괴되고 엄청난 빚을 진 사장이 뛰어내리는 바람에 출입 금지가 되었어."

"어? 나는 실연한 여자가 뛰어내렸다고 들었는데."

아이자와가 대답했다. 둘 다 도시 전설 같은 이야기다. 다른 사람들도 짚이는 데가 없는 듯 고개를 기울이며 말했다.

"정말일까?"

"하지만 그런 일이 있었을지도 몰라. 우리 애가 어렸을 때 6층 이벤트장에만 가면 죽어라 울었어. 다른 곳에서는

---

* 우리나라의 초코송이와 비슷한 과자

멀쩡했는데 딱 그 자리에서만. 갓난아기는 어른들이 보지 못하는 걸 본다잖아. 저세상에 가지 못한 뭔가가 그 언저리 에 있는 게 아닐까?"

이마이가 말했다. 유령 같은 건 없다는 사실을 다 알면서 도 어쩐지 으스스했다. 앞을 막아선 철제 울타리도 뭔가를 봉인한 듯 느껴졌다. 나는 기분이나 풀려고 복숭아 츄하이 를 한 모금 마셨다.

"아! 그러고 보니."

분위기를 바꾸려는 듯 마사루가 일어나 벽 쪽 책장을 뒤 지기 시작했다.

"졸업 앨범이 있다고!"

마사루가 양손으로 졸업 앨범을 들어 올리자 환성이 터 졌다.

"왜 직장에 그런 게 있어?"

"무슨 일로 가지고 왔다가 그냥 둔 거지 뭐."

마사루가 페이지를 넘길 때마다 모두가 반응한다. 마사 루와 내가 실려 있는 6학년 3반 페이지가 되자 더 큰 웃음 소리가 일었다.

"마사루, 전혀 변하지 않았네. 아까도 보자마자 바로 알아봤어."

"얼마 전에 아들과 걷고 있는데 형제로 착각해서 곤란했어."

마사루의 대답이 폭소를 자아냈다.

"어? 다쿠로도 3반이었네."

"다쿠로!"

"추억이네!"

류지의 한마디에 더 분위기가 고조된다. 오랜만에 그 이름을 듣자 마치 자기 이름이 불린 듯 흠칫 놀랐다.

"게이타도 다쿠로와 친했지?"

"그, 그랬지."

쓰카모토의 불의의 일격에 목소리가 뒤집혔다.

"응원단장 했었지. 멋졌는데."

"너, 그때 다쿠로 좋아했지?"

"늘 라이언스 모자를 쓰고 있었지."

다쿠로, 사사즈카 다쿠로는 학년에서 눈에 띄는 존재로, 우리의 중심인물이었다. 늘 선두에 서서 달려 나갔고 흥미로운 놀이 규칙을 만들어냈다. 집에서 닌텐도 패미컴을 하기보다 비와호와 세이부에서 다쿠로와 노는 게 훨씬 재밌었다.

"그런데 다쿠로, 졸업하기 전에 전학 갔지?"

이마이의 말에 들썩이던 분위기가 시들었다.

다쿠로는 초등학교 6학년 겨울방학에 갑자기 사라졌다. 해가 바뀌어 학교에 갔더니 다쿠로가 전학 갔다는 이야기가 돌았다.

"사사즈카는 갑자기 전학하게 되었어요."

담임인 아사히 선생으로부터 이야기를 들었을 때 나는 재빨리 고개를 돌려 마사루의 자리를 봤다. 마사루는 양손으로 얼굴을 덮고 있어서 표정이 보이지 않았다.

"얼마 전 트위터에서 다쿠로라는 사람을 발견하고 혹시나 했어."

"진짜? 어떤 사람이었는데?"

마사루가 달려들자 아이자와는 말하면서 스마트폰을 조작했다.

"그러니까 폐점이 발표됐을 때 발견했어. 신문 기사 리트윗이었나?"

나는 나도 모르게 먹고 싶지도 않은 유자후추칩으로 손을 뻗었다.

"아, 있다! 이 사람이야."

마사루는 아이자와의 스마트폰을 양손으로 공손히 받아 화면을 쓸어올린다.

"진짜다! 게임보이 발매 30년 뉴스에 반응했으니까 또래겠다."

"우리가 초등학교를 졸업한 게 몇 년이었지?"

나는 트위터에서 화제를 돌리고 싶어 목소리를 높였다.

"1990년 3월이야."

마사루는 대답하며 아이자와에게 스마트폰을 돌려주었다.

"그렇다면 내년이 졸업 30주년이네?"

류지가 세기의 발견이라도 한 듯 강조하며 말했다.

"전혀 몰랐어! 동창회 같은 거 안 할까?"

"지금까지 한 적 없어."

"오늘 우연히 만난 것도, 동창회를 열라는 신의 계시 아닐까?"

모두의 눈길이 마사루에게 모인다. 여러 번 반장을 맡았고 지금도 고향에 살고 있다. 간사로 이보다 좋은 적임자는 없다.

"이렇게 큰 기대를 받으면 안 할 수 없잖아."

트위터 프로필 사진을 떠올리게 하는 상쾌한 미소로 마사루가 답한다. 누가 먼저랄 것 없이 박수 소리가 나고 나도 분위기에 따라 손뼉을 쳤다.

"세이부가 문 닫기 전에 하고 싶어."

"2백 명 중에 몇 명이나 올까?"

"LINE 그룹 정도는 만들 수 있어!"

맥주를 한 손에 들고 제멋대로 떠드는 사람들 사이에서 마사루는 메모하며 맞장구를 쳤다. 나는 곁에서 그 모습을 지켜보며 입에 캐러멜 콘을 넣었다.

6시가 되어 사무소 음주를 끝냈다. 동창회는 내년 7월에 비와호 오쓰 프린스호텔에서 개최하기로 했다.

"세이부 폐점 뉴스로 좀 처져 있었는데 덕분에 다 만나고 동창회도 열다니. 신칸센을 타고 온 보람이 있네."

아이자와가 기뻐했다.

"정말이네. 새옹지마지?"

류지도 기쁜 듯하다. 참가자들은 저마다 "내년에 봐"라고 말하면서 신나서 돌아갔다.

나는 마사루의 사무소에 남아 뒷정리를 도왔다. 조용해

진 상담실에서 빈 맥주 캔과 과자봉지만이 네 사람의 흔적을 남기고 있었다.

"마사루, 바쁜데 동창회 간사까지 맡다니 괜찮아?"

지역 밀착형 변호사로 폭넓게 활동하는 마사루는 도키메키 지역의 여름 축제 실행위원장이기도 하다. 집안일과 육아도 적극적으로 참여하는 듯한데 여기에 동창회 간사까지 하다니 아무리 생각해도 너무하다 싶다.

"괜찮아. 이런 일 워낙 잘하고, 누군가 해야 하는 일이니까."

마사루는 쓰레기를 모으면서 환한 미소로 대답했다. 언제나 누군가의 뒤를 따르는 편인 나와는 태생 자체가 다른 모양이다.

"게다가 동창회를 하면 다쿠로를 만날 것 같고."

마사루의 얼굴에 그늘이 드리워진 듯해 나는 눈길을 떨어뜨렸다. 테이블을 닦는 데 집중하는 척하며 그때 일을 떠올린다.

1989년 말, 우리는 세이부의 큰 계단에 있었다. 매장은 연말 세일로 붐볐으나 계단을 사용하는 사람은 거의 없어서 다소 소란을 피워도 혼나지 않았다. 난방도 살짝 되어 있어 추운 겨울에 놀기 딱 좋은 장소였다. 그날도 나와 다쿠로, 마사루 외에 세 명이 더 있었을 것이다.

마사루는 크리스마스 선물로 받은 게임보이를 가져와 모두에게 테트리스를 하게 해주었다. 순서대로 플레이했는데 익숙지 않아 금방 끝나버렸다. 나도 다쿠로도 완전 엉망이었는데 놀리는 분위기는 없었다. 그저 다들 웃었다.

마지막으로 마사루가 했다. 블록이 흥미롭게 맞물려 쌓이나 싶더니 세 단 네 단이 한꺼번에 사라졌다. 우리는 마사루를 둘러싸고 작은 화면을 정신없이 바라봤다.

"오랜만에 다 모였는데 계단 오르기 놀이라도 하자."

다쿠로의 주장은 옳았으나 나는 마사루의 플레이를 따라 다시 테트리스를 하고 싶었고 다른 애들도 두 번째 플레이를 기대하는 눈치였다. 마사루도 그런 분위기를 눈치챘는지 제안했다.

"한 번만 더 돌아가면서 하자."

"그건 언제든 할 수 있잖아!"

그러나 다쿠로는 물러서지 않고 말했다. 결단코 나쁜 느낌으로 한 말은 아니었던 걸로 기억하는데 마사루가 웬일로 강하게 반론했다.

"늘 네가 하자는 대로 하니까 가끔은 우리한테 양보해라."

나는 그 말을 듣고서야 처음으로 '듣고 보니 우리는 늘 다쿠로가 하자는 대로 했구나'라고 깨달았고 마사루는 다쿠로의 행동에 내심 불만이 있었나 싶어 놀랐다.

그 뒤로도 둘은 서로의 평소 태도에 불만을 늘어놓기 시작했다. 두 주장 모두에 공감할 수 있어서 나는 잠자코 지켜볼 수밖에 없었다.

"알았어. 마음대로 해."

다쿠로는 마지막으로 그런 말을 내뱉고 계단을 달려 내려갔다.

어차피 초등학생끼리의 자잘한 싸움이다. 이 정도의 충돌은 자주 있었고 새해가 되면 아무 일 없었다는 듯 다 같이 놀 줄 알았다. 다쿠로가 사라지다니, 조금도 생각해보지 못했다. 우리가 연말연시에 가족과 지내는 동안 다쿠로는 어떤 마음으로 이사했을까.

그런 일이 있었던 터라 마사루와 있을 때는 다쿠로의 얘기를 피해왔다. 나도 만나면 좋겠다고 생각하지만, 동창회 개최를 알릴 수나 있을까.

"다쿠로 연락처, 알아?"

"모르지만, 찾아보면 알 수 있지 않을까?"

그렇게 간단하지 않으리라는 걸 나는 안다. 이제까지 수없이 사사즈카 다쿠로라는 이름을 검색했는데 본인에 도달하는 정보를 얻지 못했다.

"찾으면 좋겠네."

솔직한 마음이었다. 내가 못 찾았을 뿐이지 마사루라면 찾을 수 있을지도 모른다.

"꼭 찾을 거야."

마사루는 그렇게 말하며 고개를 끄덕였다.

정리를 마치고 사무소를 나왔다. 10월도 중순이 되어 쌀쌀해졌다. 비와호 쪽을 보니 오쓰 세이부백화점 옥상의 파란 간판이 빛나는 게 보였다. 내년 이맘때는 저 빛도 사라지고 없으려니 생각하자 밤바람이 차갑게 느껴졌다.

*

2020년에 들어서자 전 세계에서 코로나바이러스가 유행해 사람의 통행이 제한되었다. 답답함을 느끼는 사람이 많아지는 가운데 나는 새로 도입된 재택근무를 은근히 기뻐하고 있었다. 회사에 묵직한 응어리가 생길 때마다 블랙기업이 아닐까 그토록 의심했는데 앞장서서 전면 재택근무를 도입했을 때는 아니, 이렇게 멋진 회사가 있나 하고 인식을 바꿨다.

너무 조용하면 오히려 안정이 안 되어서 방 TV를 켜놓고 작업했다. 그중에서도 마음에 드는 프로그램이 비와TV에서 저녁에 방송하는 〈구루링와이드〉였다. 시가현의 정보를 전하는 지역 방송 프로그램으로, 높은 시청률을 노리지 않는 듯한 분위기가 편했다.

구루링와이드에 의하면 지난주 금요일인 6월 19일부터 오쓰 세이부백화점의 역사를 돌아보는 〈오쓰 세이부백화점 44년의 발자취전〉이 시작되었다고 한다. 보러 가고 싶다고 생각했는데 바로 그날 마사루의 LINE이 도착했다.

'세이부의 패널 전시회 안 갈래?'

만나기로 한 정면 입구에는 내가 먼저 도착했다. 새로 설치된 전광게시판에 '폐점까지 앞으로 65일'이라고 표시되어 있다. 더 축하할 만한 일이라면 모를까 폐점까지의 카운트다운이라니, 쓸쓸하기만 했다.

마사루는 초록색과 검은색의 체크무늬 마스크를 쓰고 있었다. 한동안 만나는 걸 주의한 터라 이렇게 만나는 것도 오랜만이었다.

"좋은 마스크를 썼네."

내가 놀렸다.

"아내가 아이 마스크를 직접 만들면서 같이 만들어줬어."

마사루는 자랑을 늘어놓았다.

7층 전시회장에는 벽 두 면에 사진 패널이 붙어 있었다.

"앗! 버드 파라다이스다."

현재 피라미드 형태의 유리창으로 사용되는 장소는 과거 버드 파라다이스라는 이름으로 다양한 새를 키웠다. 전시된 사진은 흑백이었으나 우리 머릿속에는 형형색색의 새가 날아다니는 모습이 떠올랐다.

"틀림없이 풍선 자판기도 있었는데."

"맞아, 있었다. 여동생이 자주 아버지에게 사달라고 했어."

천장에는 아이들이 놓친 풍선이 둥둥 떠다녔었다. 여동생은 풍선을 집까지 소중히 들고 갔지만, 다음 날 쭈그러든

풍선을 보고 울며불며 난리를 피웠다.

다른 손님도 사진 패널을 가리키며 추억의 이야기꽃을 피우고 있다.

"그리워라!"

생면부지의 아저씨가 발한 커다란 목소리에 절로 속으로 고개를 끄덕였다.

전시를 쭉 둘러보고 같은 층에 있는 카페 미레로 들어갔다. 미레의 명물은 역시 파르페다. 나는 초콜릿 파르페, 마사루는 말차 파르페를 주문했다.

"우리 사무소도 코로나 대책으로 비닐 커튼과 아크릴판을 설치했는데 의미 있을까?"

마주 앉은 우리 사이에도 투명 아크릴판이 놓여 있었다.

"아이들도 학교 행사가 중지되어 불쌍해. 첫째는 올해 우미노코였는데 숙박이 아니라 하루 여행으로 바뀌었대. 운동회도 학년별로 치르고."

우미노코는 시가현의 초등학생이라면 모두 타는 견학용 배다. 거참 안 됐다고 생각하면서도 정작 아이는 별생각이 없지 않을까 하는 생각도 들었다. 적어도 나는 학교 행사에 열정적인 타입이 아니었던 터라 귀찮은 일이 줄어 기뻐했을지도 모른다.

"동창회도 연기되고, 유감이야."

내가 분위기를 맞추자 마사루는 대놓고 얼굴을 찡그렸다.

"정말 유감이야."

3월 말에 동창회 계획이 무산되었다. 2월 말부터 이미 분위기가 심상치 않았으나 그래도 그때는 여름이 지나면 어떻게 되지 않을까 하는 낙관도 있었다. 그러나 일제 휴교와 속속 이어진 이벤트 중지를 목격하며 마사루는 동창회 연기를 결정했다.

"아, 왜 이렇게 되어버렸을까?"

"그렇게 하고 싶었어?"

분한 듯 머리를 감싸 안는 마사루를 보며 나도 모르게 말을 내뱉고 말았다.

동창을 만난다고 해서 생활에 변화가 일어나는 것도 아니다. 그야말로 급하지도, 꼭 필요하지도 않은 이벤트다.

"하고 싶었지!"

마사루는 기분 나쁜 기색 없이 가볍게 대답했다.

"초등학교는 특별하다고. 중고등학교와 대학을 진학하며 만나는 사람의 폭이 좁아지잖아? 반대로 초등학교는 우연히 같은 해에 이웃으로 태어났다는 이유만으로 모인 사람들이니까 다양한 사람을 만날 수 있어."

확실히 마사루 같은 유능한 변호사와 그렇지 않은 샐러리맨인 내가 성인이 되어 만나 의기투합할 일은 없을 것이다. 일단 수긍하면서도 그런 마사루가 두 아이에게 수험 공부를 시켜 사립 부속 초등학교에 입학시킨 사실을 떠올렸다.

"작년, 세이부에서 만나 사무소에서 한 잔 마신 일이 정말 즐거웠어. 다른 길을 걸어왔는데 초등학교 6년을 함께 지낸 사람들만이 서로 아는 게 있다는 사실을 느끼고 뭉클했어. 앞으로도 이런 인연을 소중히 여겨야겠다고 생각했어."

마사루의 열변에 귀를 기울이고 있는데 점원이 파르페를 가져왔다.

"오래 기다리셨어요. 초콜릿 파르페 시키신 분?"

초콜릿 소스가 뿌려진 소프트아이스크림을 중심으로 딸기와 바나나, 와플이 장식되어 있다. 자연스럽게 입가가 풀어지며 어디 올릴 데도 없으면서 사진부터 찍었다.

"세이부가 있을 때 하고 싶었어."

마사루는 파르페와 어울리지 않게 풀죽은 표정을 지었

다. 입 안에서 녹는 소프트아이스크림 맛을 음미하며 좀 더 밝은 화제를 던질 게 없을까 궁리했다.

"마침 시간이 생겼으니까 아직 연락되지 않은 사람을 천천히 찾아보면 어때?"

내 제안에 마사루의 표정이 밝아졌다.

"그거다! 최선을 다해 찾아볼게!"

마사루가 소프트아이스크림을 잔뜩 푸는 모습을 보며 안도했다.

"동급생 LINE 그룹에는 이미 백 명 정도 가입되어 있지?"

"응. 이외에도 연락된 사람이 20명 더 있어. 나머지 80명이 행방불명이야. 유감스럽게도 다쿠로도 찾지 못했고."

변호사만의 특별한 방법이 있지 않을까 내심 기대했는데 그렇지도 않은 모양이다.

"페이스북도 다 훑어봤어. 다음은 트위터를 찾아볼까?"

"본명으로 하는 사람, 별로 없지 않을까?"

"나는 본명인데."

파르페를 다 먹은 우리는 계산하고 미레를 나왔다.

"배가 묵직해."

마사루가 배에 손을 얹었다.

"이제 아저씨니까."

가게 앞 진열장에는 와플, 파르페, 샌드위치, 스파게티 같은 형형색색의 음식 모형이 진열되어 있었다. 어릴 때 파르페는 특별한 날에만 먹는 음식이라 형이랑 여동생 셋이 뭘 시킬지 두근대는 가슴을 안고 고민했었다.

입주한 가게 중에는 근처로 이전해 다시 오픈하는 가게도 있지만 미레는 오쓰 세이부백화점의 폐점과 함께 가게를 접는다고 한다. 폐점 후 이 모형들은 어떻게 되나 하는 생각을 하니 가슴이 아파져 절로 고개를 돌리고 말았다.

8월이 되자 구루링와이드에서 오쓰 세이부백화점의 카운트다운 중계를 시작했다. 화면에 등장하는 전광게시판에는 '폐점까지 앞으로 29일'이라고 적혀 있었다. 그 옆에 세이부 라이언스 유니폼을 입은 중학교 정도 되는 여자애가 미니 야구 방망이를 들고 서 있었다. 카메라를 바라보며 확연히 TV에 나오기 위해 서 있다. 요즘 아이들은 TV에 관심이 없는 줄 알았는데 이런 애도 있구나.

여자 중학생은 이후로도 매일 TV에 등장했다. 나는 아주 가벼운 기분으로 트위터에 글을 올렸다.

'라이언스 여자애, 오늘도 TV에 나왔어.'

일올 끝내고 스마트폰을 보니 마사루의 LINE이 도착해 있었다.

'전에 화제가 되었던 다쿠로라는 계정, 비와TV의 구루링 와이드를 본 것 같아. 세이부를 신경 쓰는 걸 보면 혹시 진짜 다쿠로 아닐까?'

'다쿠로라는 이름은 흔해. 가명일지도 모르고.'

그런 식으로 아무렇지 않은 척하고 대답했으나 가슴이 두근거리지 않을 수 없었다. 마사루는 해당 트위터의 URL을 보내왔다.

'댓글을 달아 탐색해볼게.'

'아니, 어떤 사람인지도 모르니 안 하는 게 좋아.'

'관계없다면 무시하겠지. 왠지 이 사람, 가까운 곳에 있는 것 같아.'

나는 잠시 생각한 후 메시지를 무시하고 스마트폰 홈 화면으로 돌아왔다. 트위터 아이콘에 좀처럼 표시되지 않는 빨간 알림 표시가 떠 있었다.

'오쓰시 반바초등학교에 다녔던 요시미네 마사루라고 합

니다. 개인적으로 여쭙고 싶은 게 있어서 팔로우했습니다. 괜찮으시면 DM을 보내도 될까요?'

나는 스마트폰을 슬립 모드로 돌린 다음 키보드 위에 놓고 천장을 올려다봤다.

다쿠로는 내가 트위터에서 사용하는 가명이다.

계정을 만들 때 본명과는 다른 이름을 쓰고 싶어 순간 떠오른 다쿠로의 이름을 입력했다. 아이콘은 적당히 찍은 근처 하늘 사진이다.

아이자와와 마사루에게 들킨 후 고유명사를 피해 신중히 트윗을 올려왔다. 최근 올린 트윗은 '재택근무 최고!'와 '마스크가 가게 앞에 진열되기 시작했다' 같은 평범한 회사원이라면 얼마든지 생각할 수 있는 내용이다. 구루링와이드나 오쓰 세이부백화점은 쓰지 않았는데 라이언스 여학생이라는 검색어로 마사루의 눈에 들 줄은 몰랐다.

다시 스마트폰을 들고 마사루의 메시지를 보면서 어떻게 대답해야 할지 생각했다. 새삼 정체를 밝히기보다 철저하게 피하는 게 나으리라.

'처음 뵙겠습니다. 무슨 일이시죠?'

결의를 다지고 DM을 보냈다. 진짜 다쿠로였다면 반바초등학교의 요시미네 마사루라는 이름에 반응할 가능성이 크다. 이 시점에서 마사루는 사람을 잘못 봤음을 알아차릴 것이다.

고민한 틈도 없이 마사루의 답변이 도착했다.

'죄송합니다. 다쿠로라는 동창을 찾고 있는데 혹시 당신이 그 다쿠로가 아닐까 싶어서 무례한 댓글을 보내고 말았습니다. 정말 죄송합니다. 신경 쓰지 말아주십시오.'

예의 바른 내용을 보고 크게 한숨을 내쉬었다.

'그러세요? 찾으시길 바랄게요!'

여기서 대화는 끝났으나 앞으로도 마사루가 내 트윗을 볼 생각을 하니 마음이 무거웠다. 그렇다고 아무런 잘못도 없는 마사루의 계정을 차단할 수도 없는 노릇이었다. 과감하게 계정을 삭제할까 생각했는데 내가 선택해 팔로우한 계정의 트윗을 보는 게 낙이었던 터라 이렇게 끝내는 것도 아까웠다.

오쓰 세이부백화점의 폐점도 이와 비슷한 느낌이다. 무인양품도, 로프트도, 후타바서점도, 백화점 자체도 교토나 구사쓰에 가면 있다. 중요한 점은 그 모든 기능이 오쓰시 니오노하마에 모여 있다는 것이며 뿔뿔이 흩어져버리면 가치가 없다.

'역시 다른 사람이었어.'

LINE에 마사루의 간결한 보고가 도착했다. 제멋대로 기대했으니까 자업자득이라고 생각하면서도 조금은 죄책감이 들었다. 이렇게 단서 없는 트위터 계정에까지 댓글을 달 정도로 마사루는 다쿠로를 만나고 싶어 한다. 게다가 동창 찾기에 주력하라고 조언한 사람이 바로 나다. 내가 지금의 다쿠로를 알고 있다면 얼마나 좋았을까.

혹시나 해서 구글로 '사사즈카 다쿠로'를 검색했지만 자동 생성된 듯 성별 판단 사이트가 나타났을 뿐 아무것도 찾지 못했다. 만약 내가 '사사즈카 다쿠로 씨를 찾고 있습니다'라는 사이트를 만들면 상위에 표시되겠으나 마음대로 이름을 인터넷에 올리는 일도 문제가 될 듯하다.

내 이름이라면 올려도 괜찮을 텐데. 그렇게 생각하다 문득 깨달았다. 다쿠로나 아직 연락되지 않는 동창도 다른 동창의 이름을 검색해봤을지도 모른다. 동창의 이름을 한 페이지에 모아 '동창이신 분은 이리로 연락해주세요'라는 폼을 만들면 연락해올 동창도 있지 않을까.

"동창들을 위한 홈페이지를 만들까 하는데."

마사루에게 전화를 걸어 대강의 내용을 설명했다.

"꼭 부탁할게!"

전화 너머로 마사루의 흥분이 전해진다. 스마트폰을 핸즈프리 상태로 책상에 놓고 재빨리 로컬 환경에서 폼을 만들기 시작했다.

"이름만 싣지 말고 메시지를 모아 실으면 어떨까?"

마사루의 제안을 듣고 동창 이름과 메시지가 늘어선 이미지를 떠올렸다. 다른 사람이 참여한 모습을 보면 자신도 써보자고 생각하는 사람이 늘지도 모른다.

"아무나 쓰게 하면 엉망이 될지도 모르니까 이름과 메시지를 확인한 다음에 싣는 게 좋겠어."

페이지를 디자인하면서 기분이 고양되는 게 느껴졌다.

"실명을 싣는 게 싫은 사람은 별명이나 필명으로 실을 수 있게 하고 사진도 괜찮은 사람은 사진도 보내면 좋겠어. 그러면 웹 동창회 같은 느낌이 될 수도 있으니까."

"아니, 그거, 진짜 괜찮은 아이디어잖아!"

마사루의 웃는 얼굴이 떠올랐다. 이렇게 즐기면서 사이트를 제작하다니 지금까지 없었던 일 같다. 전화를 끊은 다음에도 젤리를 먹으면서 작업을 계속했다.

'시가현 오쓰시립 반바초등학교(현재 도키메키초등학교) 1990년 3월 졸업생 동창회 페이지입니다. 1977년도(1977년 4월 2일부터 1978년 4월 1일) 태생으로 반바초등학교에 다녔던 사람은 여기 폼으로 메시지를 보내 주세요. 중간에 전학한 사람도 대환영입니다. 자신의 근황, 내년 개최할 예정인 동창회와 관련된 생각, 곧 폐점하는 오쓰 세이부백화점에 관한 추억 등 무엇이든 상관없습니다.

[발기인] 요시미네 마사루, 이나에 게이타'

아이디어를 낸 지 이틀 뒤, 동창회 홈페이지는 무사히 업로드되었다. 수상한 페이지로 여겨지지 않도록 마사루의 사무소 홈페이지와 같은 도메인을 사용했다.

"게이타의 이름을 먼저 적어."

마사루는 그렇게 제안했으나 나는 어디까지나 보조라는 위치에 있고 싶어서 그냥 두었다.

페이지에는 도키메키초등학교의 사진을 넣었다. 설명문과 메시지 폼을 넣고 그 밑에 사진과 표시용 이름, 메시지가 적힌 말풍선이 이어진다. 류지와 아이자와 등에게도 메시지를 받아 미리 올려놓았다.

마사루는 준비가 끝나자 동창 LINE 그룹에 알렸다. '동창회 홈페이지를 제작했습니다! 이쪽 URL로 들어와 꼭 메시지를 보내주세요!' 나도 발기인의 한 사람으로서 한마디 해야 하나 망설이고 있는데 'OK' '좋아'라는 이모티콘이 연달아 달리기 시작해 심박수가 절로 올라갔다.

두세 명이라도 반응이 있으면 좋겠다고 생각했는데 하룻밤에 열 명으로부터 메시지가 도착했다. '코로나로 영 시가에 갈 수 없었는데 이런 기회가 생기니 기뻐요'라거나 '그리운 이름이 실려 있어서 참여했어요. 세이부의 폐점은 충격이에요'라는 내용으로, 메시지를 올리며 보람을 느꼈다.

페이지를 개설하고 일주일이 지난 일요일, 마사루와 다시 미레에서 만났다. 입구 카운트다운은 '앞으로 16일'이 되어 있어서 비로소 폐점을 실감할 수 있었다.

"마지막으로 가족과 올까 했는데 우리 애들은 둘 다 생크림을 좋아하지 않는대. 세대가 달라."

마사루가 휘핑크림을 입으로 가져가며 말했다. 나도 마지막으로 파르페를 한 번 더 먹고 싶었던 터라 오길 잘했다.

"동창회 페이지 업데이트, 힘들지 않아? 도울 일 있으면 말해."

"괜찮아. 메시지 보는 것도 즐겁고."

다쿠로와 이어질지도 모른다는 실낱같은 희망을 품고 시작한 동창회 페이지였는데 메시지가 늘어남에 따라 진짜 동창회 같은 분위기가 만들어졌다. 마사루가 트위터에서 알린 덕분에 행방을 몰랐던 동창들도 연락해오기 시작했다. 다른 사람의 메시지에 답하려고 두세 번 메시지를 보내는 사람도 있어서 왕년의 BBS*처럼 되었다.

"졸업생은 2백 명인데 재적했던 사람은 220명이었다는 사실도 알았어."

3학년 중간부터 4학년까지의 2년 남짓한 기간만 학교에 다니고 이사한 다나카라는 사람이 우연히 마사루의 트윗을 보고 메시지를 보냈다.

"야스다가 케냐에서 살고 있다는 것도 놀라워."

"진짜 놀랐어. 초등학교 때부터 사다 마사시**를 좋아했던 건 알았는데."

같은 6학년 3반이었던 야스다는 사다 마사시의 노래에

---

* 전자 게시판
** 일본의 싱어송라이터

감명받아 케냐를 방문했다가 마음에 들어 아예 이주했다고 한다. 그런 경위와 근황을 전하는 메시지를 읽었을 때는 나도 모르게 "진짜?!"라고 소리를 높이고 말았다.

"이런 형태로 동창회가 열릴 줄은 생각도 못했어. 인터넷이어도 모인 기분이 들고 동창회에 올 수 없었던 사람까지 연결되어 좋았어."

아크릴판 너머에서 마사루는 두 달 전과는 전혀 다른 후련한 표정으로 파르페를 먹고 있었다.

"무엇보다 나는, 게이타가 제안해줘서 기뻤어."

갑자기 내 이름이 나와 막 입에 넣은 딸기를 꿀꺽 삼키고 말았다.

"게이타가 홈페이지 제작 일을 한다는 건 알고 있었지만, 이런 식으로 활용할 수 있는 줄은 몰랐어. 매일 밤, 메시지가 늘어나는 것을 볼 때마다 감동해."

"대단한 일도 아닌데 뭘."

겸손의 말을 내놓으면서도 흐뭇한 마음에 뺨 근육이 풀어진다. 마사루가 간사와 위원을 싫은 내색 없이 받아들이는 것도 이런 성취감이 있기 때문일지 모른다. 미레를 나온 후 1층에서 어머니가 좋아하는 센베를 사서 돌아왔다.

오쓰 세이부백화점 폐점을 일주일 뒤로 앞둔 날, 도착한 메시지를 점검하다가 숨이 멎는 줄 알았다.

'8월 31일 19시, 세이부 옥상에서'

이름에는 '다쿠로'라는 세 글자가 적혀 있었다. 필명도 '다쿠로'였는데 전화번호와 메일 주소 칸에는 엉터리 알파벳이 입력되어 있었다.

스크린 캡처할 시간도 아까워 컴퓨터 화면을 스마트폰으로 찍어 마사루에게 보냈다. 마사루가 눈물을 흘리며 기뻐하는 햄스터 이모티콘을 보내오자, 기뻐하는 건 아직 이를 수 있다는 생각에 냉정해졌다.

'그런데 옥상에는 못 가잖아.'

'다쿠로는 옛날 세이부밖에 모르니까, 틀림없이 지금도 옥상에 들어갈 수 있다고 생각하겠지.'

현실적인 답변을 보내자 마사루에게서 미묘하게 엉뚱한 대답이 날아왔다.

'본인이라는 보증도 없으니 이 메시지는 올리지 않는 게 좋겠어. 일단 나와 게이타가 계단 울타리까지 가보자.'

다쿠로에게서 메시지가 오다니. 손꼽아 기다리던 전개인

데 솔직히 기뻐하는 게 두렵다.

'전화번호도 메일 주소도 엉터리야. 아무래도 장난 같
아.'

내가 다시 신중한 답신을 보냈다.

'어차피 마지막 날에는 세이부에 갈 생각이었으니까 아
무도 안 와도 괜찮아.'

마사루는 매우 긍정적인 답변으로 마무리했다.

오쓰 세이부백화점 영업 종료일인 8월 31일은 맑았다.

라이언스 여학생은 내가 보는 한 매일 구루링와이드에
등장했고 이따금 친구인 듯한 여학생도 왔다. 그것도 오늘
로 끝이겠구나 하고 생각하니 조금 섭섭했다. 실물을 보고
싶다는 마음도 있었는데 아저씨가 젊은 여학생에게 눈길을
던지는 일만으로도 체포될 수 있어서 그만두기로 했다.

구루링와이드의 시작은 익숙한 오쓰 세이부백화점 정면
입구에서 하는 중계다. 평소와 다르게 훨씬 많은 사람이 보
였다. 그 가운데 라이언스 여학생 두 명이 나란히 서 있는
모습을 보고 안심했다.

TV를 끄고 일을 마무리하고 약속한 7시에 맞춰 세이부

로 이동했다. 백화점 입구 바로 앞에 놓인 메시지 보드에는 수많은 메시지로 가득했다. 레이와 시대(2019년~현재)에 이토록 많은 손 글씨를 보는 것도 드문 일이다. 걸음을 멈추고 보고 있는데 반소매 셔츠에 넥타이도 매지 않은 마사루가 비즈니스 가방을 들고 다가왔다.

"사람이 엄청 많다."

메시지 보드에 파묻힌 초록색 시계탑은 6시 45분을 가리키고 있었다. 코로나로 인해 폐점 행사는 하지 않는다고 미리 알렸음에도 8시 폐점을 앞두고 자연스럽게 사람들이 모여들었다. 아무리 밀집을 피하라고 해도 오쓰 세이부백화점의 마지막을 직접 보지 않고 넘길 수는 없을 것이다.

"맞아요. 섭섭해요."

마사루는 아는 할머니를 만나 대화하고 있다.

에스컬레이터에도 줄을 서야 했다.

"굳이 여기까지 왔으니까 계단으로 갈까?"

줄을 서더라도 에스컬레이터가 더 빠르다는 건 알지만, 마지막으로 올라가보고 싶었다. 마사루도 동의해 커피 향이 감도는 카페 옆 통로를 통해 큰 계단으로 나아간다.

계단에는 사진을 찍는 손님들이 드문드문 있을 뿐 매장

의 북적임과는 조금 거리가 있었다. 올라가기 시작했을 때만 해도 거뜬했는데 점점 숨이 찼다. 마스크를 쓴 탓에 더 괴로웠다. 4층을 지나자 다리가 덜덜 떨렸다.

"점장에게 혼난 게 이 근처 아니었나?"

5층 층계참에서 마사루가 말했다. 지금의 우리는 달리라고 해도 달릴 수 없다.

"어라?"

7층까지 올라갔을 때 나와 마사루는 동시에 외쳤다. 그곳에 있었을 울타리가 치워져 있었다.

"벌써 정리했나?"

나와 마사루는 얼굴을 마주 보고 고개를 끄덕인 후 더 올라갔다. 옥상으로 통하는 문을 조심스레 밀자 44년간 내내 잠겨 있지 않았다는 듯 스르륵 열리며 축축한 바깥 공기가 들어왔다. 나도 마사루도 말없이 밖으로 나갔다.

이미 해는 졌으나 주위 조명으로 상황을 알 수 있었다. 손님 몇 명이 옥상 풍경과 SEIBU라는 간판을 스마트폰으로 찍고 있다. 펜스는 여기저기 칠이 벗겨지고 상해서 44년의 세월을 느끼게 했다.

"마사루! 게이타!"

목소리가 나는 쪽으로 눈길을 돌리니 도리이 앞에 누가 서 있었다. 전속력으로 달리기 시작하는 마사루를 보고 어디에 저런 체력이 남아 있나 하고 생각하며 따라간다.

"다쿠로!"

이번만은 마사루가 부르기 전에 먼저 다쿠로임을 알았다. 두꺼운 눈썹과 쌍꺼풀이 기억 속의 다쿠로 그대로였다.

"마사루, 전혀 안 변했다!"

"다쿠로야말로 하나도 안 변했어."

마스크를 쓴 마사루와 다쿠로가 오쓰 세이부백화점 옥상에서 대면했다. 1년 전에는 상상도 하지 못한 광경이다.

양손을 굳게 움켜쥐고 밤하늘을 올려다봤다. 아픈 기억으로 남아 있던 다쿠로와의 추억이 오늘 밤 드디어 새로 쓰였다.

"그 페이지, 게이타가 만들었어."

마사루가 자랑스럽게 말하자 다쿠로는 내 어깨를 두드리며 말했다.

"꽤 하는데! 게이타는 옛날부터 한다면 하는 남자였어. 내가 일사병으로 쓰러졌을 때 포카리스웨트를 사줬지."

자세한 상황은 기억나지 않으나 여름 무더운 날 자동판

매기에서 포카리스웨트 캔을 사서 달렸던 일은 틀림없이
있었다.

"생명의 은인이었네."

마사루가 감탄한 듯 말했다.

"다쿠로는 어떻게 그 페이지를 발견했어?"

너무 부끄러워 화제를 바꿨다.

"여동생이 세이부를 검색하다가 마사루의 트위터를 찾
았나 봐. '이거 오빠 학년 아니야?'라고 알려줬어."

역시 세이부가 열쇠였다. 얼굴도 모르는 다쿠로의 여동
생에게 깊이 감사한다.

"옥상, 평소에는 닫혀 있었어. 마지막이라서 열었나?"

마사루가 말하자 다쿠로가 설명하기 시작했다.

"아, 그건! 점원이 뭘 확인하러 왔는지 옥상 문을 열더라
고. 그래서 계단에서 만난 모르는 사람들과 옥상으로 나
왔지. 처음에는 점원이 쫓아내려고 했는데 같이 온 사람이
'마지막이니까 꼭 있게 해줘요'라고 부탁해서 몰래 들여보
내준 거야."

"앗! 역시 들어오면 안 되는 거였어? 돌아가자."

마사루가 당황하며 몸을 돌렸다.

"역시 마사루야."

다쿠로가 농담처럼 말하며 뒤를 따른다.

나는 순간 자리에 멈춰 마스크를 벗고 옥상의 공기를 가득 폐에 담았다.

"그런데 다쿠로는 왜 갑자기 전학 갔어?"

계단을 내려오면서 물었다.

"그 무렵, 집안에 사정이 좀 있어서 갑자기 전학을 가게 됐어."

"그래?"

사실은 그 '집안 사정'이란 게 알고 싶었으나 지금 이렇게 다쿠로를 만났으니 다 부질없는 일이다. 그보다 세이부의 마지막을 셋이 즐기자.

"좋았어. 버드 파라다이스에 가자!"

다쿠로가 말했다.

"그거 벌써 없어졌어."

나와 마사루는 웃으며 대답했다.

우리는 오쓰 세이부백화점 44년의 발자취전을 다시 감상하고 미레 앞에서 사진을 찍고 축소된 장난감 매장을 보며 한탄하고 신사복 매장에서 첫 정장을 산 추억을 말했다. 익숙한 백화점도 다쿠로와 함께 걸으니 새로웠다. 마사루가 다쿠로와의 에피소드를 속속 꺼내는 옆에서 30년의 긴 세월을 곱씹으며 나도 "그랬었지"라며 맞장구를 쳤다.

대화가 자연스럽게 흘러 다쿠로가 지금은 오사카에서 살고 있다는 것과 쓰레기 수거차 운전사로 일하고 있음을 알게 되었다. 내가 매일 통근하는 곳에 다쿠로가 있었다니, 신기했다.

폐점이 다가오자 올드 랭 사인의 멜로디가 흘렀다.

"졸업식 같네."

"같이 노래하자."

내 말에 다쿠로가 소리 내어 노래하기 시작했다.

"창피하니까 관둬."

주의를 주는 마사루를 개의치 않고 다쿠로는 올드 랭 사인을 계속 노래했다. 나도 조그만 목소리로 노래하기 시작하자 근처에 있던 또래 남자들도 따라 노래하기 시작하고 그 근처 그룹으로 노랫소리가 퍼졌다. 졸업식에서도 안 울었는데 코가 찡했다.

동쪽 출입구가 마지막까지 열려 있었다. 유리문 너머에서 점장이 인사한 뒤 셔터가 내려졌다. 모인 사람들은 스마트폰으로 사진이나 동영상을 찍으면서 저마다 목소리를 높였다.

"고마웠어요!"

셔터가 완전히 닫힌 순간, 한숨이라고도 감탄이라고도 할 수 없는 소리가 나왔다. 44년의 역사가 끝나버렸다. 말없이 선 채 인파가 흩어지는 모습을 멀거니 바라봤다.

"나, 내일도 아침 일찍부터 일해야 해서 이만 갈게."

다쿠로의 목소리에 제정신이 돌아왔다.

"전화번호만이라도 좋으니까 좀 알려줘."

"할 수 없네."

다쿠로는 마사루가 간청하듯 말하자 그리 싫지 않은 표정으로 스마트폰을 꺼냈다.

두 사람이 연락처를 교환하는 동안 나는 스마트폰으로 트위터를 열고 '수많은 추억을 남겨줘서 고마워'라는 글과 셔터가 내려가기 시작한 순간의 사진을 올렸다. 마사루가 이 글을 보면 다쿠로의 정체가 나라는 걸 알게 될까. 아니면 이 남자가 우연히 근처에 있다고 생각할까.

"동창회, 내년에 할 거니까 꼭 와."

"갈 수 있으면 갈게."

다쿠로는 그런 말을 남기고 역 쪽으로 걸어갔다. 나와 마사루는 다쿠로가 보이지 않을 때까지 같은 방향을 바라봤다.

"게이타 덕분에 다쿠로를 만났네. 고마워."

마사루가 내 쪽으로 몸을 돌리며 말했다. 사실 맞는 말이었지만 조금 멋져 보이고 싶어졌다.

"내가 아니라 세이부 덕분이지."

백화점 주변에는 우리처럼 추억을 곱씹는 손님들이 남아 있었다. 어쩐지 정말 졸업식 같았다. 조금 더 여운에 잠겨 있고 싶었는데 헬멧을 쓴 작업원이 도로변 간판을 시트로 덮기 시작했다.

선이 이어지다

나루세 아카리가 1학년 3반 교실에 들어선 순간, 나는 머리를 감싸 쥐었다. 오늘은 시가현립 제제고등학교 입학식이 있는 날이다. 하필 가장 성가신 인물이 같은 반이 되다니. 아직 이름도 모르는 반 친구들도 나루세를 보자마자 굳어졌다. 마치 비와호에 상어가 나타난 듯하다.

조심스레 고개를 들고 다시 나루세의 모습을 확인한다. 우리가 다녔던 오쓰시립 기라메키중학교 교복은 블레이저였으니까 세일러복은 신선하다. 그러나 신경 쓰이는 부분은 그게 아니다.

나루세는 머리를 깨끗이 민 상태였다.

"나루세, 야구부 들어가?"

여기서 이렇게 지적하면 영웅이 될 것이다. 화려한 고교 데뷔를 장식하기에는 절호의 기회겠으나 이제까지 음지에서만 살아온 내게는 너무 장벽이 높다. 오히려 나루세와 사이가 좋다는 오해를 받아 기피 대상이 되는 게 두렵다. 나루세의 친구 시마자키 미유키라면 이 순간 아주 날카롭게 지적하겠으나 그녀는 다른 고등학교에 다닌다.

다른 누군가가 이야기를 꺼낼까 기대했으나 교실은 정적에 휩싸였다. 나루세는 개의치 않고 칠판에 붙은 좌석표를 확인한다. 좌석은 출석 번호순으로, 31번인 나루세는 복도에서 두 번째 줄 가장 앞자리에 앉았다. 나, 오누키 가에데는 12번이다. 창가에서 두 번째 줄 가장 뒷자리라 반 아이들의 반응이 잘 보인다. 나루세를 전혀 신경 쓰지 않는 사람, 힐끔힐끔 보는 사람, 조심스럽게 눈길을 던지는 사람까지 각양각색이다.

또 다른 기라메키중학교 출신인 다카시마 오스케는 자기만의 세계에 빠져 스마트폰을 만지작거리고 있다. 원래 얌전한 덕후 기질의 남학생으로 파문을 일으킬 만한 타입은 아니다. 나루세에게 일침을 날릴 남학생 하나쯤 있었으면 좋았을 텐데.

성 고정관념이나 외모지상주의에서 벗어나자는 주장이 날마다 높아지는 세상에서 머리를 짧게 깎은 여학생에게 쓴소리를 날리는 일은 잘못이라는 인식은 환영할 만한 일이다. 그러나 한 사람쯤 말을 거는 명랑한 사람이 있어도 좋지 않을까? 나루세의 회색 뒷머리를 바라보며 손가락으로 내 머리를 꼬아댔다.

어제까지의 나는 남몰래 고교 데뷔를 망상했다. 고등학교에 들어가면 이제까지의 인간관계를 리셋할 수 있다. 상위 그룹은 바라지도 않으니 적어도 중위 그룹에는 들어가고 싶다. 남학생과 편안하게 대화하게 되어 남자 친구도 만든다. 공부도 그럭저럭하고 동아리 활동에도 적당히 몰두한다. 그러기 위해서는 첫인상이 가장 중요하다는 생각에 분발해 미용실에도 다녀왔다. 헤어스타일이 완성되어 거울을 봤을 때는 "어머!" 하고 소리를 지르기도 했다. 그런 고양된 마음으로 왔는데 머리를 빡빡 민 나루세에게 한 방 먹은 느낌이다.

그 후 체육관으로 이동해 이루어진 입학식에서 더 놀랄

만한 일이 일어났다. 신입생 대표 인사를 한 사람이 바로 나루세였다. 입시에서 수석을 했는지, 아니면 다른 이유로 발탁되었는지는 모른다. 나루세가 단상에 오른 순간, 회장 분위기가 무언의 수런거림으로 가득 찼다. 1학년 3반 학생들만 미리 시험 문제를 알고 있었던 듯 침착했다. 명료한 목소리로 원고를 다 읽은 나루세는 완벽한 동작으로 인사하고 자리로 돌아왔다.

나루세는 초등학교 때부터 종종 표창장을 받았다. 비와호 그림대회에서는 비와호 박물관장상, 오쓰시민 단카 대회에서는 오쓰시장상을 받았을 뿐 아니라 전교 조례 표창 시간의 단골손님이기도 했다. 수많은 수상자가 어색하게 상을 받는 가운데 나루세는 당당한 태도로 교장 앞에 서곤 했다. 인사하는 순서도 타이밍도 완벽했다. 나도 책 읽기 감상문으로 특선에 올라 표창을 받은 적 있는데, 그때 나는 수많은 눈길에 감사하다는 말조차 제대로 내뱉지 못했다.

입학식이 끝나고 교실로 돌아와 다음 날부터의 일정 설명을 들으니 등교 첫날이 끝났다.

우리 집은 고등학교에서 약 8백 미터 떨어진 단독주택이다. 자전거로 다니기에는 너무 가까워 걸어 다니는데 중학교 때의 가파른 언덕길과 비교하면 평탄한 길이라 편하다. 입학식이 끝날 때까지 학교 건물 밖에서 자녀가 나오기를 기다리는 보호자가 많았지만 엄마는 걸어서 먼저 집에 가 있었다.

"아카리는 왜 머리를 밀었니?"

집에 돌아오자마자 엄마가 말했다. 엄마의 말투는 나루세를 이상하게 여겨서가 아니라 정말 궁금해서 묻는 듯했다.

"글쎄, 왜 그랬을까?"

나도 맞장구쳤다.

"아카리는 옛날부터 좀 이상한 애였지? 그래, 전에 겐다마*로 오쓰시 챔피언이 되었잖아?"

작년 가을, 브런치오쓰쿄**에서 공을 얼마나 잘 올리는지를 다투는 대회가 열렸다. 나루세는 네 시간 넘게 공을 떨어뜨리지 않아 보다 못한 주최 측이 나루세를 뜯어말리고 챔피어의 칭호를 부여했다고 한다. 나는 오우미일보로 사정을 읽었을 뿐이지만, 당황한 어른들의 모습이 눈에 선하다.

"어머니는 아주 평범한데."

"그러게."

---

* 실에 달린 공을 막대기에 올리는 일본 민속놀이
** 시가현 오쓰시에 있는 종합상업시설

그렇게 대답하고 내 방으로 들어왔다. 평범하다는 게 뭔지는 스스로 수없이 되물은 질문이다. 눈에 띄지 않는 것을 평범하다고 한다면 나루세는 분명 평범하지 않다.

나루세와는 딱 9년 전 이 무렵, 오쓰시립 도키메키초등학교 입학식 때 처음 만났다. 나는 조금 떨어진 유치원 출신이라 같은 반에 아는 애가 하나도 없었다. 나루세를 비롯한 아케비유치원 출신들이 최대 파벌을 이뤘는데 낯선 어머니들의 말을 들었다.

"아카리와 같은 반이라니 안심이네."

실제로 나루세는 우수해 모든 과목에서 단연 일등이었다. 저학년 때는 솔직히 대단하다고 생각했는데 아무렇지 않게 성과를 올리는 나루세가 점점 탐탁지 않아졌다. 그런 마음은 나 말고 다른 여학생들도 마찬가지여서 누구나 나루세를 피하게 되었다.

5학년 때 다시 같은 반이 되었다. 그 무렵에는 아카리에게 친근하게 말을 거는 사람이 없었고 다들 "나루세는 그 부분이 좀 그래"라는 식으로 말하며 몰래 비웃었다.

확연히 따돌림을 당하는데도 나루세는 개의치 않는 듯했다. 화장실에도 교실 이동 수업에도 혼자 다녔다. 체육

시간처럼 둘이 짝이 되어야 할 때도 반드시 나루세 혼자 남았는데 '반 정원이 홀수니까 하나가 남는 게 당연하지'라는 얼굴로 선생님과 짝을 이뤘다. 그런 모습도 뒤에서는 웃음을 샀으나 나루세는 아무 말 못 들은 듯 행동했다.

5학년 2반 여학생은 상중하 세 그룹으로 나뉘어 있었다. 자신을 '하'로 인식하기 시작한 것도 그 무렵이다. 남학생들과도 가볍게 대화하는 화려한 상위 그룹, 여학생끼리 즐겁게 어울리는 중위 그룹, 그 어느 쪽에도 속하지 못했다. 눈에 띄지 않는 하위 그룹, 그리고 어느 계급에도 속하지 않은 채 격리 구역인 양 홀로 존재하는 나루세.

우리에게 나루세는 딱 좋은 희생양이었다. 나루세가 없었다면 상위 그룹의 공격을 얼마나 받았을지 쉽게 예측할 수 있었다.

나루세가 조례에서 상장을 받은 날, 반의 리더인 린카와 스즈나가 나루세의 사물함에서 검은 통을 꺼냈다. 우리 그룹은 앞으로 벌어질 일을 예감하며 꼼짝 못 하고 지켜봤다. 그러자 둘은 우리 쪽으로 다가와 제안했다.

"나루세 거, 감추지 않을래?"

아무리 생각해도 거절하는 게 옳았으나 거절하면 우리

위치가 위험해질 게 빤하다. 우리가 우물쭈물하며 대답하지 못하자 린카가 나를 지명했다.

"자아, 누키는 머리가 좋으니까 숨기기 적당한 곳을 잘 찾겠지?"

당황해서 어쩔 줄 모르는 상황 속에서도 전혀 기뻐하지 않았다면 거짓말이다. 마음에 들지 않았던 누키라는 애칭도 그때만큼은 호의적으로 들렸다.

내가 손을 뻗어 통을 받은 순간, 싱글거리던 린카와 스즈나의 뒤로 나루세의 모습이 나타났다. 다행이다 싶었다.

"앗, 이거, 떨어져 있더라."

앞으로 나아가 나루세에게 통을 건넸다. 나루세는 통을 들고 말없이 나를 응시했는데 그 눈은 적의로 가득했다. 나는 너무 무서워 아무 말도 하지 못했다.

나루세는 린카와 스즈나에게도 돌아가며 똑같은 눈길을 던졌다.

"뭐야?"

린카와 스즈나는 나루세가 자리로 돌아간 뒤 웃었으나 입가가 올라간 채 굳어 있는 게 훤히 보였다.

고등학생이나 되었으니 물건을 숨기는 한심한 놀림은 없

겠으나 나루세를 좋게 보지 않는 사람이 나올지도 모른다. 그때처럼 얽히고 싶지 않다. 어떻게 행동하는 게 정답인지, 오늘 받은 연간 일정표를 보면서 머리를 굴렸다.

다음 날, 학급회의 시간에 자기소개가 이루어졌다. 당연히 번호순으로 할 줄 알았는데 담임이 1번과 41번이 가위바위보를 해서 이긴 쪽부터 시작하라는 한심한 개그를 날려서 뒤에서부터 하게 되었다. 나루세보다 뒤에 하면 내가 같은 중학교 출신이라는 사실이 인상에 강하게 남을 우려가 있다. 중학교 이름을 대지 말아 달라고 빌었는데 나루세는 당당하게 자기소개했다.

"나루세 아카리입니다. 오쓰시립 기라메키중학교 출신이고 니오노하마에 살고 있습니다."

게다가 나루세는 직접 겐다마를 들고 와 스스로 교탁을 옆으로 밀고 실력을 뽐냈다. 빨간 공을 큰 원반, 중간 원반, 작은 원반, 막대기 끝에서 빙빙 돌리다 올리는 시범을 하더니 마지막에는 겐다마를 없애는 마술까지 선보였다. 나루세는 왜 늘 저렇게 지나친 걸까? 내가 나지막하게 한숨을 흘렸을 때 교실은 순간의 정적이 흐른 다음 박수와 환호성이 일어났다. 반 아이들은 웃으며 손뼉을 쳤다. 나루세는 특별히 좋아하는 표정도 없이 무표정한 얼굴로 교탁을 제자리에 돌려놓고 자리에 앉았다.

나루세 다음 자기소개부터 조금 전의 긴장감이 거짓말처럼 사라지고 없었다. 나루세 차례 전에는 좋아하는 과목이나 중학교 때의 동아리 활동처럼 무난한 이야기들이 대부분이었는데 나루세 다음부터는 좋아하는 유튜브 채널이나 중학교 때 웃겼던 에피소드 등 친근감 있는 내용으로 변했다.

나도 다른 사람의 자기소개를 들으면서 머릿속으로 구성하기 시작했다. 좋아하는 건 게임인데 무슨 게임을 얘기해야 사람들이 다 좋아할까. 포켓몬일까, 슈퍼 스매시브라더스일까, 동물의 숲일까. 좋아하는 캐릭터를 말하면 같은 취미를 지닌 사람이 말을 걸어올지도 모른다.

내 차례가 되어 앞으로 나갔다.

"오누키 가에데입니다. 오쓰시립 기라메키중학교 출신이고 걸어서 학교에 다닙니다."

별생각 없이 눈길을 왼쪽으로 돌렸을 때 나루세와 눈이 마주쳤다. 살기 정도는 아니지만, 무슨 생각인지 알 수 없는 눈이다. 민머리가 그 불길함을 조장하고 있다. 머릿속에 메모해둔 모든 내용이 다 날아가고 말았다.

"주, 중학교 때는 탁구부였고, 아, 좋아하는 과목은 구……, 국어입니다. 잘 부탁드립니다."

최악의 자기소개를 하고 말았다. 이 소개를 듣고 나랑 친해지고 싶은 사람이 있을까. 듣는 사람도 이제 지겹다는 듯 여기저기서 박수 소리가 일어났다. 이렇게 곧장 한심한 사람임을 들키다니. 나루세만 보지 않았더라면 괜찮았을 텐데. 그렇게 생각했으나 이제 소용없는 일이었다.

점심시간, 앞자리의 오구로 유코가 말을 걸어와 함께 도시락을 먹게 되었다. 유코도 나처럼 평범한 자기소개를 했고 치마 길이도 길어 하위 그룹의 분위기가 났다. 내게는 이런 아이가 어울리겠지 하고 생각하며 귀중한 친구 후보를 깔봐서는 안 된다며 마음을 다잡았다.

"가에데라고 불러도 돼?"

"응."

누키에서 벗어날 기회를 놓치고 싶지 않아 바로 대답하고 말았다.

"나도 유코라고 불러도 돼?"

"물론이지."

서로 호칭을 확인하는 일은 어쩐지 부끄럽다.

"이 반, 성이 '아'로 시작하는 사람이 정말 많아. '오'로 시작하는 내가 두 자릿수 출석번호는 처음이야."

유코가 말했다.

"그러네."

반에 관한 중요한 화제가 될 법해 동조했다.

"가에데는 집이 가깝지? 부럽다!"

유코는 고카시에 살아 새벽 6시경에 집을 나와 두 번이나 갈아타고 제제역까지 와야 한단다. 조금 전 자기소개 시간을 통해 현의 정말 다양한 곳에서 학생들이 모였음을 알았다. 현지인이라는 강점을 살려 지역 정보를 발신함으로써 사람들의 관심을 받을까도 생각했으나 고교생이 좋아할 만한 정보가 떠오르지 않았다.

"유코는 어떤 부……, 아니지, 어떤 반에 들어갈 거야?"

제제고에서는 동아리를 부가 아니라 반이라고 부른다. 작년에는 1학년의 96퍼센트가 반에 들어갔다고 한다. 중학교 때 탁구부였던 건 친했던 친구가 가자고 했을 뿐이라 그리 실력이 늘지 않아 고등학교에 와서까지 할 생각은 없다.

"글쎄. 아직 정하지 못했어. 같이 견학 가볼래?"

유코와 같은 반에 들어가느냐 아니냐는 둘째 치고 외톨이가 안 되어 다행이었다. 나와 유코 사이에 가느다란 선이 이어진다. 교실 안을 둘러보니 여기저기서 작은 그룹이 만들어지며 선이 이어지는 게 보였다. 여기서부터 거미줄 같은 선들이 이어져 그룹이 형성되기 시작하고 서열이 굳어진다. 점의 배치만으로도 답을 알 수 있는 어린이용 선 긋기 문제와는 달리 인간관계는 의외의 점과 점이 연결된다.

매년 교실 구석에서 상관도를 그릴 수 있을 정도로 교우관계를 관찰했다. 초중학교는 반이 바뀌어도 어느 정도 지인이 있어서 기존의 상관도를 조금만 고치면 된다. 하지만 고등학교는 거의 제로에서부터 새로 작성해야 한다. 화려한 고교 데뷔는 이미 무리인 듯하니 눈에 띄지 않으면서 편안한 자리를 찾고 싶다.

문득 나루세의 자리를 보니 비어 있다. 틀림없이 혼자 여기저기 어슬렁거리고 다닐 것이다. 저렇게 주위를 신경 쓰지 않고 사는 일은 나로선 불가능하다.

"기라메키중학교, 다른 사람도 있지? 누구더라?"

유코의 질문에 동요했다.

"아, 그러니까 다카시마와…… 나루세."

"나루세라면 그 겐다마?"

나루세가 기라메키중학교 출신임은 기억에 남지 않았던 모양이다. 나는 지금까지 뭘 걱정했나 싶어서 김이 샜다.

"응. 접점이 있었던 건 아니고."

나루세와 내가 가장 근접했던 게 초등학교 5학년 때의 통 감추기 미수 사건이다. 상대는 내 이름조차 모른다고 해도 이상할 게 없다.

방과 후, 유코와 함께 영어반, 사진반, 문예반을 견학했다. 다들 친절하게 대해줬는데 딱 하나로 결정하지는 못했다.

"맞다. 가루타*반도 보고 싶어."

유코가 말을 꺼냈다. 제제고의 가루타반은 매년 전국대회에 출전하는 명문이다. 오쓰에는 시인과 관련 있는 신사와 절이 많아 종종 학습 주제가 되기도 한다. 다소 친숙한 면이 있기도 하니 도전해보는 것도 나쁘지 않을 듯했다.

세미나 하우스 2층의 다다미방에 다가가자 《햐쿠닌잇슈**》의 시 읽는 소리가 들려왔다.

---

* 카드놀이의 일종. 가루타는 포르투갈어로 카드를 뜻하며, 시를 적어 놓은 패의 대구를 맞추며 노는 놀이이다.
** 백 명의 시인이 돌아가며 일본 전통 시 와카를 읊은 것을 모아 기록한 책

"조용히 하는 게 좋겠어."

유코와 목소리를 낮춰 말하며 들여다보니 민머리 소녀가 대전 상대와 마주 앉아 있는 게 보였다. 1절의 첫 번째 글자가 읽힌 순간 적진의 팻말을 향해 고교 야구선수인 양 대담하게 상반신을 내밀어 흩어진 팻말에서 한 장을 집어냈다.

"나루세가 빨랐어!"

"좀 더 낭비 없이 집는 방법을 배우면 A급이 되겠어."

선배들의 칭찬을 받고도 나루세의 표정에는 변화가 없다. 중학교 때는 육상부에서 장거리만 죽어라 달렸다고 들었는데 가루타반에서는 주위와 잘 지낼까, 전혀 관련도 없는 내가 걱정하기 시작한다.

"가루타 체험해볼래?"

검은 티셔츠를 입은 여자 선배가 말을 걸어왔다.

"어이, 오누키!"

나루세가 나를 보며 손을 들었다. 허를 찔려 아무 말도 못 하고 굳어버렸다.

"오구로도 함께인가?"

"어떻게 내 이름을 알아?"

유코가 놀라자 나루세는 의아한 표정으로 대답했다.

"자기소개에서 '오구로 유코입니다'라고 했잖나?"

"나루세, 가루타반에 들어갈 거야?"

"그럴 생각으로 봄방학 때 《치하야후루*》 모든 권을 읽었다."

"햐쿠닌잇슈를 다 외웠다고?"

"응. 대구가 되는 절은 일단 다 아는데 실제로는 오늘 처음 해봤다."

"굉장해!"

유코가 감탄의 목소리를 내는 옆에서 나는 싹싹한 미소를 짓는 수밖에 없었다. 나루세와 같은 동아리에 들어가는 것만은 사양이다. 한시라도 빨리 방을 나가고 싶었으나 유코가 잔뜩 흥분해 있어서 가루타 체험에 합류하기로 했다.

우리에게 주어진 것은, 대구가 되는 절이 희미하게 적힌 초보자용 패였다. 선배들의 강의를 들으며 패를 늘어놓고 읽힌 패를 찾는다. 나는 별로 의욕이 없는 상태로 근처에 있는 패만 찾다 끝났다. 조금 떨어진 곳에서 선배와 대전하는 나루세는 여전히 다이내믹하게 패를 드는 바람에 패를 원래대로 늘어놓는 데 시간이 걸렸다.

---

* 일본 전통 시 와카의 대표적인 작품이며, 지금은 와카 자체를 의미하기도 한다.

우리는 가루타반의 견학을 마치고 오늘은 돌아가기로 했다.

"가에데, 들어가고 싶은 반 있었어?"

"음. 아직 모르겠어."

"나는 가루타반에 들어가고 싶은데 집이 멀어 힘들까?"

유코의 말에 집이 가까운 내가 괜히 미안해졌다.

"집에서 생각해보자. 안녕."

"그래. 잘 가."

동아리 견학만 했는데 그새 피곤해졌다. 달콤한 디저트라도 살까 싶어 편의점에 들렀는데 시마자키가 있었다. 나와는 다른 교복을 입고 있어 학교가 달라졌음을 실감했다. 계산을 마친 시마자키는 나를 발견하고 말을 걸어왔다.

"앗! 누키! 헤어스타일 예쁘다!"

알아봐준 게 기뻐 군이 머리를 쓸어 올렸다. 새로운 반 친구들은 옛날 헤어스타일을 모르니 어쩔 수 없지만, 그래도 좀 섭섭했었다.

"곱슬머리 폈어? 엄청 예쁘다."

지난달까지 나는 지독한 곱슬머리를 가지고 있어서 중력에 따라 아래로 뻗어야 할 머리카락이 위나 옆으로 잔뜩 부풀어 있었다. 적당히 길러 하나로 묶고 다녔는데 늘 제대로 묶이지 않았다.

봄방학 때 결의를 다지고 곱슬머리를 펴는 시술을 받은 결과 다섯 시간 끝에 스트레이트 머리를 손에 넣을 수 있었다. 이로써 평범한 여학생들과 같은 출발선에 서게 되었다.

"응, 맞아. 그런데 혹시 알아? 나루세가 머리를 민 거?"

시마자키가 웃으면서 물었다.

"응. 나, 같은 반이라."

"어머, 그래? 어떤 느낌이야?"

시마자키는 나루세에 대한 호의를 숨기지 않는다. 초등학교 5학년 때도 그랬다. 여학생들이 나루세를 험담하면 시마자키는 조용히 자리를 뜬다. 교실에서 나루세와 대화를 나누진 않았으나 나루세의 적진에 서지 않겠다는 의사가 느껴졌다.

나루세가 지역 TV 방송국에 '천재 비눗방울 소녀'로 다뤄진 게 전환점이었다. 방송 다음 날, 나루세를 둘러싼 여학생들은 시마자키를 포함한 중위 그룹의 여학생들이었다.

"TV에 나오다니 바보 같아."

린카와 스즈나는 싸늘한 눈길을 던졌고 우리 하위 그룹도 나루세에게 다가가지 않았다. 한편 "나루세, 굉장했어!"

라고 말하는 남학생도 있어서 풍향이 바뀌었음을 알 수 있었다.

중학교에 오자 나루세와 시마자키는 만담 콤비를 결성해 축제에서 공연했다. 소문에 따르면 M-1 그랑프리에도 출전했다고 한다.

나루세가 겐다마와 마술로 반 아이들의 마음을 사로잡은 것과 가루타반에 완전히 동화되었음을 말하자 시마자키는 "나루세답네"라며 좋아했다. 나루세가 나루세답지 않게 되면 시마자키는 나루세를 버릴까? 아니다, 시마자키는 새로운 나루세를 그대로 받아줄 것이다.

"또 나루세 얘기 해줘."

시마자키는 손을 흔들며 떠나면서 말했다. 내게 아무리 관심이 없다고 해도 그렇게 말하는 건 아니지 않나? 아니면 나도 나루세에게 관심이 있다고 생각한 걸까? 너무 짜증이 나 평소 사지 않는 생크림이 가득 올라간 푸딩을 사고 말았다.

다음 날 아침, 유코가 가루타반에 들어가기로 했다는 말을 전했다.

"어차피 한 번뿐인 고교 생활이니까 후회 없이 도전해보고 싶어."

나도 가루타반에 들어가야 하나 싶어 마음이 흔들렸는데 유코는 너도 오라는 얘기 없이 숙제 얘기로 화제를 옮겼다.

동아리 활동 같은 것 아무려면 어떠냐 싶어 수업이 끝나자마자 집에 돌아오니 아직 4시가 안 되어 있었다. 귀가 시간을 다투는 귀가 동아리가 있다면 틀림없이 유력 선수가 되었을 것이다. 준비, 땅! 하고 시작하는 출발에 실패해 지루한 고교 생활을 보내는 게 나다운 것일지도 모른다. 중학교 입학 때도 그랬다. 다른 초등학교 출신들과 합류해 뭔가 달라지리라 기대했는데 아무것도 달라지지 않았다. 반 아이들의 역학관계를 살펴 외톨이가 되지 않도록, 괴롭힘당하지 않도록 노력했을 뿐이다.

내가 괴롭힘을 극도로 두려워하게 된 것은 초등학교 4학년 때부터였다. 시가현에 사는 초등학교 4학년 여학생이 괴롭힘을 견디지 못하고 뛰어내려 자살한 것이다.

그전에도 아이의 자살 뉴스를 본 바 있었으나 그때는 같은 현의 동갑 여자애라는 점에서 큰 충격을 받았다. 그 아이도 틀림없이 비와호를 보고 자랐을 테고 살아 있었다면 다음 해에는 우미노코를 탔을 것이다.

괴롭힘을 없애는 게 제일 좋겠으나 그리 간단한 일이 아님은 잘 안다. 눈에 띄지 말고 고립되지 않고 학교생활을 하는 게 내가 할 수 있는 최선책이었다.

곱슬머리 시술도 사실은 훨씬 빨리 하고 싶었는데 요란을 떤다는 인상을 주고 싶지 않아 참았다. 뚱뚱해지지 않는 것도 중요해 단 음식은 최대한 삼갔다. 덕분에 중학교를 졸업할 때까지 무사히 평온하게 지냈다.

제대로 숙제라도 해야 할 듯해 수학 문제집을 편 순간, 문득 생각했다. 지금부터 정말 열심히 공부하면 도쿄대에 갈 수 있을까. 성적이 너무 좋으면 눈에 띌지도 모른다는 걱정에 이제까지 공부에 제대로 힘쓰지 않았다. 좀 더 할 수 있을 것 같을 때도 이 정도가 적당하다며 스스로 제동을 걸었다. 중학교 때 정기 시험에서는 10등에서 20등 사이의 포지션을 유지했다. 무엇보다 부동의 1위인 나루세가 너무 눈에 띈 탓에 모두 기우였다는 생각이 없지도 않다.

도쿄대를 목표로 공부에 매진한다면 친구가 생기지 않는 것도 동아리에 들어가지 않는 것도 스스로 납득할 수 있다.

좋아, 한번 해보자.

명확한 목표가 정해지니 갑자기 등이 꼿꼿해지는 기분이 들었다.

도쿄대 합격은 너무나 정당한 목표이나, 도쿄대를 목표로 한다고 사람들이 멀리하면 얻을 게 전혀 없다. 반 아이들이 우호 관계의 선을 넓히는 모습을 곁에서 바라보며 나는 시스템 영어 단어를 착착 풀어나갔다.

대학 수험까지의 시간은 누구에게나 평등하게 주어졌으나 내게는 학교와 집이 가깝다는 유리한 점이 있다. 다들 통학에 시간을 빼앗기는 동안 책상에 앉아 한 문제라도 더 풀자고 생각하니 주어진 환경이 소중해졌다.

가족에게도 도쿄대를 목표로 하겠다고 알렸다.

"갈 수 있겠어? 교토대가 더 가까운데?"

엄마는 현실적인 반응을 드러냈다.

"가에데라면 갈 수 있을 거야."

반면 아버지는 상당히 긍정적이었다.

"언니도 〈도쿄대 왕〉에 나오면 좋겠다!"

퀴즈 프로그램을 좋아하는 세 살 아래 여동생은 이렇게 응원했으나 내게 도쿄대 왕에 어울릴 만한 점이 있을 리

만무하다.

5월 말에도 여전히 유코와 점심을 먹었다. 동아리의 교우 관계를 우선시하지 않을까 생각했는데 우리 반에서 가루타반은 나루세뿐이라 나와 관계를 유지해주었다. 이로써 내년 3월까지는 외톨이로 지내지 않게 되었다.

나루세는 가루타반에서 착실히 두각을 드러내 자격 취득을 위해 맹연습 중이라고 한다.

"나루세, 가루타반 사람들과 대화도 해?"

내가 묻자 유코는 왜 그런 질문을 하냐는 표정을 지었다.

"응. 얘기하지. 다들 나루뽕이라고 불러."

"나루뽕."

소리를 내지 않고 입을 움직여보니 이미지가 너무 달라 입안에서 서걱거렸다.

반에서 나루세는 여전히 자기만의 세상을 누리고 있었다. 초등학교 5학년 여학생들에게는 배제되었는데 고교 1학년생이 되니 '좀 특이한 사람이네' 정도로 넘어갔다. 머리는 이미 검게 변해 잿빛이었던 시절이 그리울 정도였다.

나루세와 마찬가지로 내 머리도 길어 곱슬의 힘이 작용하기 시작하자 뿌리부터 머리가 부풀어 올라왔다. 전과 비교하면 여전히 스트레이트의 범위 안에 있으나 앞으로 내내 곱슬 시술을 받아야 한다고 생각하니 정신이 아득했다. 이럴 바에는 나도 머리를 박박 밀어버리는 게 어떨까 잠깐 생각했으나 나루세를 따라 하다니 말도 안 된다.

학교에서는 7월의 고후사이(湖風祭) 축제 준비가 시작되어 학생들이 점점 결속하는 모습이 보이기 시작했다. 반 발표로 도깨비집을 운영하게 되었는데 나와 유코는 너무 튀지 않게 무대 담당을 맡았다.

사실은 그런 데 시간 쓰지 말고 공부나 하고 싶었는데 괜스레 적을 만드는 행위는 좋지 않다고 생각해서 참여했고 덕분에 다른 반 친구들과 대화를 나누는 정도로는 사이가 좋아졌다. 이런 행사를 즐기는 것이야말로 고교 생활이라고 주장하는 사람들의 마음도 알겠으나 나는 공부 이외에는 노력하고 싶지 않았다.

다행히 공부의 성과는 착실히 나왔다. 중간고사에서도 좋은 성적을 받아 닌텐도 스위치를 봉인한 보람을 느꼈다. 학원 선생님에게 도쿄대에 가고 싶다고 하자 이대로 노력하면 충분히 가능하다는 이야기를 들었다.

토요일에는 학원 자습실에서 집중학습하기로 했다. 학원

이 있는 도키메키자카를 향해 걷고 있는데 반바공원에서 나루세와 시마자키가 만담을 하는 게 보였다. 가족 나들이 객들이 여기저기 발길을 멈추고 보고 있다.

둘에게 들키지 않도록 공원 반대 방향으로 고개를 돌리고 걷는 속도를 높였다. 도로 건너편 오쓰 세이부백화점 터에는 아파트가 건설되고 있었다. 보통 때는 신경 쓰지 않고 지나갔는데 이곳에 세이부가 없다는 게 문득 쓸쓸하게 느껴졌다.

고후사이 축제 전후로 커플이 폭증한다는 말을 들은 적 있는데 1학년 3반에도 역시나 달달한 분위기가 감돌았다. 누가 누구에게 고백했다는 소문을 귀동냥해 상관도에 반영한다. 선배나 다른 반 학생과 사귀는 사람도 있어 인간관계가 넓어졌다. 기존 그룹에서 벗어나는 사람이 있는가 하면 원래의 선을 유지하는 사람도 있다. 입학 초기부터 친해질 것처럼 보이던 커플도 있는가 하면 의외의 조합도 있어서 리얼리티 프로그램처럼 흥미로웠다.

그런 신나는 볼거리를 즐기리라 믿어 의심치 않았던 내게 의외의 사건이 일어난다.

"오누키, 같이 안 갈래?"

교문을 나서는데 누가 말을 걸어 돌아보니 같은 반의 스다 나오야가 서 있었다. 스다와는 같은 무대 담당이라 몇 번 이야기를 나눴는데 호의를 품을 법한 내용은 전혀 없었다. 말투와 행동이 부드러워 나 같은 여학생도 그리 상처받지 않을 타입이라고 생각하기는 했으나 설마 내게 선을 뻗어올 줄은 생각도 못 했다.

내가 알기로 스다는 구사쓰역 근처 아파트에 산다고 했다. 걸어서 통학하는 나와는 아무리 생각해도 경로가 다르다.

"왜 나랑?"

"오누키, 도쿄대를 목표로 하고 있지?"

스다는 잠시 주위를 살핀 뒤 말했다.

"어떻게 알았어?"

스다는 가방에서 《도쿄대 영어1》의 녹색 표지를 슬쩍 보여줬다. 학원에서 쓰는 교재로 나도 똑같은 걸 가지고 있다.

"우연히 가방에 있는 걸 봤어. 나도 구사쓰역 앞 학원에 다녀."

대답 없이 조용히 눈길을 떨구고 있자 스다가 먼저 입을 열었다.

"아니, 그게, 사귀자는 그런 게 아니고 정보 교환하면 좋을 것 같아서."

재빨리 플러그를 뽑아버린다. 하지만 그것도 나름 나쁘지 않은 듯하다. 우리를 둘러싼 안개가 걷히자 스다가 쓰고 있는 검은 테 안경이 또렷이 보였다.

"나, 지금부터 집에서 공부할 건데 스다도 갈래?"

말해 놓고 보니 너무 대담한 제안을 한 듯해 후회했는데 곧 낯가릴 사이는 아님을 확인할 수 있었다.

"오누키가 괜찮다면."

스다는 그렇게 대답하고 집까지 따라왔다.

현관문을 연 순간, 갑자기 귀찮아졌다. 내 방은 나 하나만을 위해 최적화되어 있다. 다른 누군가를 데려올 수 있는 상황이 아니다. 중학교 이후로는 동성 친구조차 데려온 적 없다.

"내 방은 너무 어질러져 있어서."

일단 식탁으로 안내했다. 엄마와 여동생은 6시 무렵까지는 돌아오지 않는다. 아무것도 대접하지 않는 건 예의가 아닌 듯해 잔에 보리차를 따라주었다.

"우선 수학 문제를 풀어볼까? 오누키가 어떻게 푸는지

알고 싶어."

다른 사람과 공부하면 집중이 안 될 것 같아 걱정했는데 스다의 인기척은 그리 강하지 않아 별 지장은 없었다. 한 번 쭉 문제를 푼 다음 "여기가 어려웠어"라거나 "여기는 시간을 단축할 수 있어"라는 감상을 서로 나눈다. 해답에 이르는 사고 흐름을 자세히 설명하자 스다는 "알아!" 혹은 "그거 굉장하네"라며 기분 좋게 맞장구를 쳐주었다. 이제까지 내게 의사소통 장애가 있다고 생각했는데 단순히 대화가 맞는 상대가 없었던 거였을 수도 있겠다.

"오누키. 8월 오픈 캠퍼스, 갈 거야?"

도쿄대의 오픈 캠퍼스가 있다는 사실은 홈페이지를 보고 알고 있었으나 아직 1학년이고 굳이 신칸센까지 타고 가보겠다는 생각은 없었다. 코로나가 유행하기 전에 가족과 함께 디즈니랜드에 간 이후 신칸센을 탄 적 없다. 중학교 수학여행도 원래는 도쿄에 갈 예정이었으나 이세신궁과 오카게요코초 전통 거리 당일 여행으로 때웠다.

"스다는 가?"

"아직 결정하지는 않았어. 오누키가 간다면 갈까?"

이런 이야기를 듣는 게 처음이라 기분이 고양되었다.

스마트폰으로 도쿄대 오픈 캠퍼스에 대해 다시 검색해 봤다. 그날은 학원의 하기 강습이 있으나 오픈 캠퍼스 때문이라면 쉬어도 될 것이다.

"가볼까?"

"정말? 괜찮으면 내가 신칸센 표 잡을게. 돈은 나중에 줘도 되고."

문득 신칸센 외에는 야간 버스와 청춘18티켓 등 다른 교통수단도 있음을 떠올렸다. 떠올린 교통수단이 일치한다는 것은 가정환경이나 금전 감각도 비슷하다는 소리일 것이다.

"일반 비즈니스호텔도 괜찮다면 호텔 방도 두 개 잡을게."

호텔이라는 단어에 묘한 긴장감이 찾아온다. 평온한 스다의 얼굴을 보며 의식한 자신이 이상한 듯해 초조하다.

"고마워. 하지만 신칸센도 호텔도 내가 직접 찾을게."

이제까지 해본 적 없던 계획을 진행하고 있다. 내 인생, 친구끼리 놀러 나가는 건 기껏해야 교토까지다. 갑자기 도쿄까지 일대일로 가다니, 정말 괜찮을까.

"지난 2년은 코로나로 중지했었대. 올해는 개최해서 다행이야."

스다는 초등학생처럼 한없이 기쁜 모양이다.

그날 밤, 친구와 오픈 캠퍼스에 가고 싶다고 하자 엄마는 놀라며 물었다.

"친구가 생겼어?"

남자라는 게 알려지면 성가신 일이 생길 듯해 구사쓰에 살고 화학 동아리에서 활동한다고 무난하게 소개했다.

이후 스다와는 LINE으로 메시지를 교환하게 되었다. 새로운 내 편이 생겨 스스로 알아차리지 못할 정도로 넋을 놓고 있었던 모양이다. 평소처럼 유코와 점심을 먹고 있는데 뜻밖의 액션이 날아왔다.

"가에데. 나한테 별 관심 없지?"

정말 미안하게도 유코가 혼신의 한마디를 던진 그 순간에도 나는 다른 그룹을 보며 인간관계의 동향을 확인하고 있었다. 허를 찔리는 바람에 "그렇지 않아!"라고 수습할 겨를도 없었다.

"나한테 관심 없다는 것은 전부터 알았어. 그야 어쩔 수 없지만, 그런 마음이 너무 빤히 전해지는 건 뭐지?"

냉정한 톤이었으나 눈이 허공을 헤매고 있는 것으로 보아 상당한 용기를 짜내 얘기하고 있음을 알았다. 내가 시마자키에게 똑같은 생각을 했을 때는 아무 말도 하지 못했는데.

  "좀 망설였어. 하지만 내일부터는 다른 데서 점심 먹을래."

  그제야 비로소 이 일의 중대함을 깨달았다.

  "미안해. 그럴 마음은 아니었어."

  "무리하지 마. 스다랑 먹으면 되잖아."

  신중하게 내 자리를 정했다고 생각했는데 처음부터 다 부정당한 기분이었다. 내게 보이는 것 정도는 유코에게도 보이는 것이다. 저도 모르게 되묻고 말았다.

  "유코는 어떻게 할 건데?"

  "매일 아침 같은 전차를 타고 오는 애가 5반에 있어. 그 애와 먹을까 해."

  완패다. 유코에게는 통학 전차라는 또 다른 커뮤니티가 있다. 집이 가깝다는 점이 친구 만들기에 불리한 점이 될 줄은 몰랐다.

  "미안해."

  다시 사과하는 수밖에 없었다.

"아니야. 나 그렇게 화 많이 나지 않았어. 살짝 기분을 바꾸고 싶달까? 가에데도 그러는 게 더 좋을 거고."

갑자기 유코가 크게 보이면서 지금까지 그녀를 얕보고 있었음을 자각하고 만다. 유코가 반 여학생과 결탁해 나를 공격해올 가능성도 있었던 것이었다. 말은 화나지 않았다고 하나 앞으로 어떤 얼굴로 어울려야 할지도 모르겠다.

다음 날, 열이 나고 말았다. 여기서 결석하면 더욱 처지가 위태로워질 듯했으나 코로나 이후 조금이라도 열이 나면 쉬라는 지시가 있었다. 침대에 누워도 좀처럼 잠이 오지 않아 이리저리 뒤척이며 시스템 영어 단어를 펼쳤으나 내용이 머리에 들어오지 않는다. 유코에게 LINE 한 줄이라도 왔으면 안심이 될 텐데 스마트폰은 침묵을 지켰다.

저녁, 인터폰 소리가 났다. 안 나가도 되겠지 싶어 일단 무시했는데 인터폰이 또 울린다. 혹시 누가 병문안을 온 게 아닐까 하는 어렴풋한 기대를 품고 문을 열자 그곳에는 나루세가 서 있었다.

"프린트를 전해주러 왔다."

나루세가 보건 통지문을 건넸다. '아침을 꼭 먹자'라는 긴급 사항도 아닌 제목이 적혀 있다.

"왜 왔어? 굳이 올 일도 아니잖아."

생각보다 날카로운 목소리가 나왔다.

"집이 가까워서."

나루세는 겁먹은 기색 없이 태연하게 대답했다.

"게다가 나는 보건 담당이다. 반 친구의 건강을 지킬 필요가 있다."

"내버려둬."

힘껏 미닫이문을 닫았다. 나루세의 그림자는 반투명한 유리문 너머에 몇 초쯤 서 있다가 이윽고 돌아갔다.

저 상태로 보건대 내가 결석하는 한 계속 찾아올 게 틀림없다. 열을 내리는 방법을 스마트폰으로 검색했다. 중간에 스다가 '푹 쉬어'라며 걱정하는 메시지를 보냈으나 좋아하고 있을 정신이 아니었다. '고마워'라는 글자가 포함된 피카츄 이모티콘으로 무난하게 응답하고 보냉제를 베개에 채워 넣기도 하고 열을 내리는 혈을 누르는 등 인터넷에서 찾은 대처 방법을 닥치는 대로 실천했다.

그 덕분인지 다음 날에는 열이 내렸다. 체온계의 36도 표시에 절로 브이 사인을 낸 건 처음이었다. 등교하자 유코가 "괜찮아?"라고 신경을 써줘 잘못은 내가 했는데 싶어 괜스레 미안했다.

"어제, 5반 애랑 점심을 먹었는데 너무 사람이 많아 정이 안 가더라. 오늘부터 다시 같이 먹어도 돼?"

유코의 손을 꼭 잡고 싶었으나 그런 짓을 했다가는 기분이 상할 것이다.

"괜찮겠어?"

최대한 밝게 말하자 유코가 고개를 끄덕였다.

점심시간, 그동안 비밀로 한 도쿄대 지원 목표와 스다와의 관계를 설명했다.

"미안해. 그냥 부끄럽기도 하고 말하기도 힘들어서."

"그런 법이지 뭐."

유코는 대학을 나와 공무원이 되고 싶다는 목표를 말해주었다. 일단 도쿄대부터 가자고 정한 나보다 훨씬 장래를 단단하게 생각하고 있구나.

"유코라면 할 수 있을 거야."

절로 이런 말이 입에서 나왔다.

오픈 캠퍼스 당일, 나와 스다는 아침 7시에 교토역에서 만났다. 이날을 위해 다시 미용실에 다녀왔다. 스트레이트가 되었던 머리카락의 뿌리 쪽에 4센티미터 정도 곱슬이 자라서 다시 곱슬 교정 시술을 받았다. 지난번 폈던 부분은 여전히 스트레이트이니까 단시간에 끝날 줄 알았는데 머리카락 전체를 열로 펴는 과정에는 변함이 없어 다섯 시간이 네 시간이 된 정도였다.

신칸센에서는 옆자리를 잡았으나 떠들지 않고 공부하며 갔다. 스다의 존재는 공부에 방해가 되지 않아 좋다. 묵묵히 암기 체크 시트를 내리며 영어 문법 문제를 풀었다.

아카몬* 앞에는 수많은 고교생과 보호자가 스마트폰으로 사진을 찍고 있어서 무슨 테마파크 같았다. 유니버설 스튜디오 재팬에 닌텐도 구역이 오픈했을 때 푸른 하늘을 배경으로 한 똑같은 구도를 지긋지긋할 정도로 본 기억이 났다.

일단은 스다가 청강하고 싶다는 공학부 강의에 함께 갔다. 나는 문학부를 목표로 하는데 AI 연구에 관한 강의라고 하니 살짝 관심이 갔다.

커다란 교실은 영어 검정 시험을 받으러 간 리쓰메이칸대학의 교실과 그리 다르지 않았다. 도쿄대라고 해서 특별한 교실이 있는 건 아닌 모양이다. 강의는 처음에는 관심을 가

---

* 도쿄대 교문의 이름

지고 들었으나 중간부터 너무 이야기가 어려워 의식이 저 멀리 날아갔다.

캠퍼스에는 온갖 고교생들이 걸어 다니고 있었다. 오쓰로 치면 비와호 불꽃축제와 같은 인파다. 제제역에서부터 뻗은 한산한 도키메키자카를 떠올리자 갑자기 고향이 그리웠다. 걸어 다니는 사람들이 괜스레 도회적으로 보여 제제고 교복을 입은 우리만 들떠 보였다. 평소에는 패션에 관심이 없었는데 세련된 사복과 처음 보는 디자인의 교복 등에 괜히 마음이 쓰였다.

문득 나와 같은 세일러복이 눈에 들어왔다. 기발한 교복도 아니니 다른 학교와 비슷해도 이상할 게 없으나, 눈길을 그 인물의 얼굴로 옮긴 순간 비명을 지를 뻔했다. 상대도 우리를 알아보고 손을 올렸다.

"어이! 우연이네."

나루세는 통학에 이용하는 검은 배낭을 메고 오쓰시 지역 캐릭터 '오쓰 히카루군' 토트백을 들고 있었다. 머리는 아주 짧은 커트라고 부를 수 있을 정도로 자라 있어 사람들의 눈길을 끌 정도는 아니었다.

"아, 나루세. 오전에는 어디 갔었어?"

스다는 나처럼 놀라지는 않은 듯 침착하게 물었다.

"이학부에서 'ICP-MS를 이용한 희소 아이소토프의 분리와 농축~1조분의 1의 세계로'라는 강의를 청강했다."

나루세가 자료를 꺼내 설명을 시작하려고 해서 서둘러 막으며 말했다.

"우리는 점심 먹으러 갈 거야."

"나루세도 시간 괜찮으면 같이 먹을래?"

스다가 괜한 말을 한다. 그에게는 고향에서 멀리 떨어진 곳에서 만난 귀한 동창일지 모르나 내게는 최대한 얽히고 싶지 않은 상대다. 나루세도 나에 대한 좋은 이미지는 없을 테니 당연히 거절할 줄 알았는데 그러자며 따라왔다.

학생 식당은 카페테리아 스타일로 각자 원하는 주식과 반찬을 골라 계산하는 방식이었다. 내가 밥과 닭가슴살 치즈가스와 찬 두부를 고르자 나루세도 샐러드에 똑같은 치즈가스를 골랐다. 똑같은 급식을 9년간 먹으면 점심때 먹고 싶은 것도 같아지나?

테이블에는 나와 스다가 나란히 앉고 나루세가 내 앞에 앉았다.

"나루세는 어떻게 왔어?"

스다의 질문에 나루세는 심야 버스를 타고 왔다고 한다. 개인실처럼 꾸며진 좌석이어서 생각보다 쾌적했다고 한다.

"음."

나도 일단은 맞장구를 쳤으나 지금 상황이 너무 짜증 나 중간쯤부터는 입을 다물고 먹는 데 전념했다. 나루세는 아까 얘기한 아이소토프 어쩌고 하는 강의에 관해 설명하기 시작했고 스다는 고개를 끄덕이며 듣고 있다.

"나, 오후에는 혼자 돌아다닐게."

어쩌면 스다도 이과인 나루세와 이야기가 더 잘 통할 것이다.

"그러면 나중에 보자."

스다는 내가 일어서자 태평하게 대답했다. 눈이 마주치면 다시 꼼짝하지 못하게 될 듯해 나루세 쪽은 아예 쳐다보지 않았다.

식기를 반납대에 내고 식당을 나온다. 오후는 문학부를 보러 갈 생각이었으나 어쩐지 다 소용없는 짓인 것처럼 느껴졌다. 일단 도쿄대를 나오려고 정문을 향해 걷고 있는데 뒤에서 누가 이름을 불렀다.

"오누키."

돌아보니 나루세가 혼자 서 있다.

"가고 싶은 데가 있다. 같이 가줄 텐가?"

"스다는?"

"오누키와 가고 싶다."

우리 집에서의 일을 까맣게 잊은 듯 당당하게 말한다. 그후 나루세와는 한마디도 나누지 않았다. 열에 시달리다가 꾼 악몽이었나?

"그렇게 험악한 표정 좀 짓지 마라. 여행은 길동무가 최고라는 말도 있잖나."

나루세는 내 팔을 가볍게 치고 먼저 걷기 시작했다. 문을 나와 조금 걸어 지하철 입구로 들어간다. 역시 이쯤에서 돌아갈까 망설였으나 호기심이 이겼다.

나루세는 이케부쿠로행 지하철을 탔다. 빈 좌석에 나란히 앉았다.

"불꽃축제 때만큼 사람이 많더라."

나루세의 한마디에 오쓰에서 함께 자랐음을 실감했다.

"어디서 내려?"

"이케부쿠로."

"무슨 일인데?"

"가보면 안다."

괜히 물었다고 생각하는데 벌써 이케부쿠로에 도착했다.

나루세의 목적을 알 때까지 그리 많은 시간이 걸리지 않았다. 개찰구를 나오자마자 '이케부쿠로 세이부백화점 본점'이라는 글자가 눈에 들어왔기 때문이다. 익숙한 SEIBU라는 로고가 여기저기 흩어져 있다. 오쓰 시민이 잃어버린 광경과 재회하자 저도 모르게 마스크 위로 입을 막았다. 확실히 구사쓰 시민인 스다와는 이 감정을 공유하지 못할 것이다.

"사진 찍어주겠나?"

나루세는 그렇게 말하며 내게 디지털카메라를 건네고 지하 입구에 서서 심각한 얼굴로 브이 사인을 했다. 지나가는 사람들이 '뭐꼬, 저거?'라는 표정을 짓는 바람에 나는 서둘러 셔터 버튼을 눌렀다. 여기는 도쿄니까 '뭐야, 저 녀석?'이 맞는 말이겠구나, 라고 생각하면서 나루세에게 디지털카메라를 돌려줬다.

백화점으로 들어가자 처음 왔는데도 왠지 낯익었다. 오쓰 세이부백화점과는 상품도 브랜드도 완전히 다른데 백화점의 분위기가 세이부 자체였다. 나루세는 눈물을 글썽이고 있다. 무슨 과장이 저리 심한가 싶어 웃고 싶었으나 내 가슴에도 차오르는 게 있어서 제대로 말이 나오지 않았다.

"지상으로 가서 밖에서 보자."

에스컬레이터까지 가는 짧은 시간 동안에도 사람들을 피해가며 걸어야 했다. 오쓰 세이부백화점은 늘 썰렁했던 게 생각났다.

백화점 밖으로 나오자 자신이 작아진 듯한 착각에 빠졌다. 이케부쿠로 세이부백화점 본점은 무척 거대해 내가 생각한 백화점의 다섯 배 정도는 되었다. 오쓰 세이부백화점 1층 끝에 있던 무인양품이 여기서는 혼자 빌딩 하나를 전부 쓰고 있었다. '이케부쿠로역 동쪽 출입구'라고 적힌 입구도 있는데 어떤 구조일까.

다시 나루세가 사진을 찍어달라고 부탁하는 바람에 나를 사진사로 쓰려고 데려왔다는 사실을 새삼 깨달았다.

"나도 사진 찍어줘!"

괜히 화가 나 스마트폰을 건넸다. 나루세가 찍은 사진은 내 모습과 SEIBU 로고가 잘 담긴 것 외에는 특별히 볼 만한 것은 없었다.

"본점은 굉장하구나. 백화점이라기보다 거리 자체다."

나루세는 흥미진진한 듯 여러 각도에서 사진을 찍었다.

"나는 앞으로, 오쓰에 백화점을 세울까 한다."

목표나 꿈, 야망이랄 수도 없는 말을 이렇게 아무렇지 않게 내뱉을 수 있으면 얼마나 편할까. 그 한적한 거리에 백화점을 내다니 너무나 말이 안 되는 소리 같았으나 내가 반론한다고 나루세가 생각을 바꿀 사람도 아니다.

"오늘은 그래서 시찰?"

내가 묻자 나루세는 만족스러운 듯 대답했다.

"맞다!"

도쿄대로 돌아가는 지하철에서, 나루세에게 물었다.

"왜 머리를 밀었어?"

나루세는 의외라는 표정으로 아주 짧은 커트 머리를 만졌다.

"네가 처음 물어보는 거다. 다들 물어보기 힘들었나?"

"당연히 묻기 힘들지."

반응을 보니 심각한 사정이 있었던 것 같지는 않다.

"인간의 머리카락은 한 달에 1센티미터씩 자란다고 한다. 그래서 실험해봤다."

무슨 소리인지 알 수 없어 잠자코 있으니 나루세가 말을 이어갔다.

"입학 전인 4월 1일에 몽땅 깎으면 3년 뒤 3월 1일 졸업식에는 35센티미터가 되나, 검증해볼까 했다."

나도 모르게 웃음을 터뜨리고 말았다. 초등학교 때 조례대에 선 나루세의 어깨까지 내려온 직모를 보며 나도 저런 머리였으면 얼마나 좋았을까 부러웠던 게 한두 번이 아니었다.

"다 깎지 말고 일정 시점에서 길이를 재고 그 차이를 계산하면 되지 않아?"

나 역시 곱슬 시술 덕분에 머리가 얼마나 자라는지 잘 안다.

"제대로 엄밀하게 측정하고 싶었다. 게다가 미용실에 가면 안쪽과 바깥쪽의 길이가 달라진다. 전체적으로 일정하게 자라는지 신경 쓰이지 않겠나?"

순간 납득했으나 순순히 받아들이기는 좀 분해서 가볍게 대답한다.

"그러네."

"그런데 생각보다 단발이 훨씬 쾌적해서 기르는 게 귀찮아졌다."

나루세가 정수리 부분의 머리를 움켜쥐며 말했다.

"애써 깎았는데 끝까지 잘 측정해."

"오누키 말이 옳다."

또 얄미운 소리를 내뱉고 말았는데 나루세는 진지한 표정으로 고개를 끄덕이며 말했다.

"얼마 전에 일부러 와줬는데 미안했어."

과감하게 사과했는데 나루세는 의아한 표정을 지었다.

"뭘?"

더 언급하는 것도 괜한 짓 같아 그냥 넘어가기로 했다.

"2학기 때 또 보자."

도쿄대에 도착하는 순간, 나루세는 이 말을 남기고 인파 속으로 사라졌다. 도쿄대를 목표로 하고 있는지 가늠할 수 없으나 묻는다 해도 납득할 만한 대답이 돌아올 것 같지 않았다.

스마트폰을 보니 '앞으로 이학부 설명회야'라는 스다의 메시지가 들어와 있었다. '문학부 시범 강의에 갈게'라고 답하고 캠퍼스 지도에서 문학부 위치를 확인한다.

혼자가 되어 새삼 주위를 살피니 다양한 사람이 있다. 아까는 화려한 사람만 눈에 들어왔는데 검소한 분위기의 사람도 있고 일상복을 입고 훌쩍 들른 듯한 사람도 있다. 내가 그린 상관도 밖에서 사는 사람들도, 각자의 상관도 안에서 살고 있다. 이토록 많은 사람이 있는 세상에서 선으로 이어진다는 자체가 기적 같은 확률이구나.

문학부를 향해 걸음을 옮기면서 2학기가 시작되면 오늘 일을 유코에게 얘기하고 싶다고 생각했다.

요란하게 매미가 우는 시가시민센터, 나는 한 선수에게서 눈을 떼지 못하고 있다.

제45회 전국고등학교 고쿠라하쿠닌잇슈* 가루타선수권대회 단체전 D블록 1회전. 우리 히로시마현 대표 니시키기고교는 오이타현 대표와 싸우고 있다. 나는 후보로 구석에서 경기의 행방을 지켜보고 있다.

경기 중인 마흔 명 가운데 시가현 대표인 제제고교의 다섯 번째 자리에 앉은 그녀만이 뭔가 달랐다. 무엇보다 움직

---

* 백 명의 뛰어난 시인의 와카를 연대순으로 편찬한 작품

201

임이 크다. 좀 더 낭비 없이 패를 빼는 방법이 있을 것 같지만, 그럼에도 늘 제대로 원하는 패를 잘 잡는다. 경기하는 폼도 매우 독특해 생전 보지 못한 팔의 움직임을 선보이고 있다.

저런 상대와 대전하면 페이스가 흔들려 고전하겠다고 생각하며 지켜보다가 어느새 눈을 떼지 못하고 있다. 그녀가 패를 치울 때마다 틀어 올린 앞머리가 흔들린다. 끊임없이 우는 매미 소리에 섞여 어디선가 종소리가 들려오는 듯했다.

"모모타니 선배를 본 순간 댕댕 종소리가 울렸어."

"또야?"

이렇게 유키토의 연애 이야기에 어울리는 게 도대체 몇 번째일까. 내가 아직 남녀 구별도 제대로 못 하던 시절부터 유키토는 "커서 꼭 레이 선생님과 결혼할 거야!"라며 난리를 쳤다. 초등학교 때는 대학생 누나에 반해 지역 서클에 들어갔고, 중학교에 입학하자 미인 선배를 보고 관악부에 들어갔다. 니시키기고교를 목표로 한 것도 학원에서 한눈에 반한 여학생의 지망 학교였기 때문이다. 그 애는 마지막에 지원 학교를 바꿨는지 함께 입학하는 꿈은 이루지 못해 유키토는 새로운 만남을 찾고 있었다.

"그래서 나도 모모타니 선배가 있는 가루타부에 들어가려는데 너도 같이 들어갈래?"

"가루타?"

경기 가루타의 존재는 알고 있으나 한 번도 해본 적은 없다. 니시키기고교는 히로시마현 대표로 여러 번 전국대회에 나갔다고 한다.

"유튜브로 가루타 경기를 봤는데 너처럼 덩치 큰 선수는 없더라. 그러니까 재미있을 것 같아. 게다가 다다미 위에서 싸우는 것도 익숙하잖아?"

그다지 관계있을 것 같지는 않으나 여하튼 작년 여름까지 하얀 유도복을 입고 다다미 위에 서 있었다. 덩치가 크다는 이유만으로 어릴 때부터 유도 교실에 다녔다. 주위의 기대에 부응하듯 키 186센티미터, 몸무게 백 킬로그램으로 성장했으나 경기에서는 이렇다 할 성적을 남기지 못했다. 같은 체형인 동생은 현 대회에서 우승할 정도로 실력파이니 내 적성이 아닌 듯하다.

유도와는 인연을 끊고 고등학교 때부터는 새로운 걸 해볼 생각이었다. 유키토에게도 그런 얘기를 해둔 탓에 이런 제의를 한 것이리라.

다음 날, 유키토와 가루타부를 견학하러 갔다. 3학년과 2학년 다 합쳐 12명으로, 전원 여학생이었다. 견학하러 온 1학년도 죄다 여학생뿐이다. 이제까지 여자와 인연이 먼 인생을 살아왔으므로 나 혼자였다면 틀림없이 도망쳤을 것이다.

3학년인 모모타니 선배는 마스크로 얼굴을 가리고 있었는데도 분위기가 느껴지는 미인으로, 유키토의 일관된 취향을 알 수 있었다. 이제까지의 일을 반성하며 다른 타입을 노려야 할 듯한데 그러지 않는 부분이 유키토의 미학일지도 모르겠다.

"덩치가 정말 크다. 다른 거 한 적 있니?"

눈매가 처진 푸근한 인상의 선배가 말을 걸어왔다.

"어릴 때부터 유도를 해왔습니다."

"어머, 굉장하다!"

"손이 크니까 유리하지 않을까?"

선배들이 나를 둘러싸고 한창 열을 올리기 시작했다. 마치 웃긴 캐릭터 의상을 입은 인형이 된 듯한 심정이었다. 도움을 요청하며 유키토를 보자 그는 이미 모모타니 선배에게 말을 걸고 있는 참이었다.

어쩌다 들어간 가루타부였으나 연습하면 할수록 실력이 느는 게 재밌었다. 성과가 나지 않는 유도를 타성에 젖어 해 왔던 터라 그 차이는 확연했다. 연습한 덕분에 1학년 때 초 단을 딸 수 있었다.

2학년이 되어 다행히 전국대회 단체전 티켓을 거머쥔 우 리는 가루타의 성지인 시가현 오쓰시를 방문했다.

메인 경기장은 오우미신궁의 오우미권학관이었는데 이 곳에서 예선을 치르는 학교는 아주 일부였다. 주장인 오노 에 선배가 뽑은 D블록의 경기장은 한 역 옆인 시가시민센 터로, 그 낡은 외관을 처음 봤을 때는 실망했다. 집 근처에 있는 주민센터와 큰 차이가 없어 신칸센을 타고 뭐 하러 먼 길을 애써 왔나 싶었다.

그러나 이 경기장이었기에 저 여학생을 볼 수 있었다고 생각하니 운명처럼 느껴졌다. 그녀가 열 장 차이로 상대를 이겼을 때는 더는 저 움직임을 보지 못한다는 게 유감이었 다. 사용한 패를 정리한 그녀는 무릎을 꿇고 허리를 꼿꼿 이 편 채 팀 동료들을 바라보고 있다. 그 모습을 보고 서둘 러 니시키기고 가루타부로 눈길을 돌렸다.

그 결과, 니시키기고교는 1회전 패배. 제제고교는 2회전 진출이 결정되었다. 그녀는 무표정한 얼굴로 팀 동료들과 손뼉을 치고는 방을 나간다.

"왜 그래? 귀여운 애라도 있어?"

그녀를 눈으로 좇고 있자 유키토가 재빨리 알아채고 지적했다.

"아니, 아무것도 아냐."

바로 부정했으나 얼굴이 화끈거렸다. 마지막으로 읽은 팻말이 '숨기려 해도 그대로 드러나는구나. 누가 사랑하는 이라도 생각했냐고 물어오듯'이었음을 어쩔 수 없이 떠올리고 만다. 놀릴 줄 알았는데 유키토는 진지한 표정으로 내 팔을 잡고 방 밖으로 나오며 말했다.

"마음에 드는 애가 있으면 꼭 말을 걸어야 해. 어떤 애야?"

등에 '제제'라고 적힌 검은 티셔츠를 입은 무리는 금방 발견했으나 그 여학생의 모습은 없었다.

"없는 것 같아. 다음 경기 준비도 있고. 돌아가자."

그저 그 여학생의 움직임에 관심이 갔을 뿐 말을 걸고 싶다거나 가까워지고 싶다는 마음은 전혀 없다. 모모타니 선배에게 차인 뒤로도 여학생과의 만남을 기대하며 가루타를 계속하는 유키토와는 다르다. 얼른 숙소로 돌아가 내일 개인전 준비나 돕고 싶다.

"아니, 아니, 그건 아니지. 혼자 있다는 소리잖아? 천재일우의 기회야."

제멋대로 신이 난 유키토 건너편에서 그 여학생이 걸어오는 게 보였다.

"저 애지?"

내 표정 변화를 알아차린 듯 유키토가 고개를 돌려 목표물을 잡아냈다.

"안녕하세요. 저는 히로시마현 대표인 니시키기고교 2학년 나카하시 유키토입니다."

너무나 자연스럽게 말을 거는 유키토를 보니 어이가 없다. 모르는 사람이 말을 걸어오면 당연히 경계할 것이다. 초조해하고 있는데 그녀는 의외로 표정을 풀며 대답했다.

"나는 제제고교 2학년 나루세 아카리다. 오쓰에 온 걸 환영한다."

RPG 게임의 마을 사람 같은 말투에 위화감이 느껴진다. 평소에도 이런 식일까?

"이 녀석이 그쪽에 관심이 있어서."

유키토의 말에 나루세가 내 얼굴을 올려다봤다. 눈이 마주친 것만으로 위축되는 바람에 틀어 올린 앞머리에 대고 자기소개하는 게 최선이었다.

"같은 니시키기고교 2학년 니시우라 고이치로입니다."

"그래?"

나루세는 고개를 끄덕이고 마스크 위치를 고쳤다.

"천천히 이야기 나누고 싶으나 애석하게도 곧 경기가 있다. 내일은 개인전이고. 모레라면 시간이 있는데…… 그때도 오쓰에 있으려나?"

나도 유키토도 내일 밤에 히로시마로 돌아갈 계획이다. 틀림없이 나루세도 그런 사실을 알고 적당히 자리를 마무리하려는 것이리라. 평온하게 끝날 것 같아 가슴을 쓸어내리고 있는데 유키토가 곧바로 대답했다.

"응. 있어. 괜찮아."

"그거 잘됐다. 모레 오전 10시 30분까지 오쓰항까지 와라. 미시간을 타자."

"미시간?"

마지막 말을 간신히 따라 읊조렸다.

"미안하다. 다음에 보자."

나루세는 팀 동료에게 "나루뽕"이라고 불리자 인사말을 남기고 사라졌다.

"우와. 진짜 잘될 줄은 몰랐어."

유키토는 묵고 있는 오고토온천으로 이동하며 수없이 같은 말을 되풀이했다. 나도 마음이 영 정리되지 않아 손잡이 위의 봉을 두 손으로 움켜쥔 채 어떻게 할지 고민하고 있었다.

"유키토, 너 또 여자 헌팅했지?"

"제제고 여학생이었지? 뭐라고 했어?"

"헌팅이 아니었어요."

유키토는 싱글대며 대답했다.

"내가 아니라 이 녀석이 한눈에 반했다고요."

선배뿐만 아니라 같이 차를 타고 가던 모두가 나를 주목하는 것만 같았다.

"한눈에 반하다니 그런 거 아니에요."

대답하며 유키토의 어깨를 찔렀으나 이미 눈을 번뜩이고 있는 선배들이 내 말을 믿을 리 없다.

"아니, 니시우라가?"

"그래서, 잘됐어?"

"이 녀석, 모레 만나기로 했어요."

"앗!"

나는 소리를 지르며 머리를 감싸 안고 자리에 주저앉았다.

여관의 가장 큰 방에 모인 니시키기고교 가루타부 일원은 내일 개인전을 제쳐두고 나루세 아카리에 관심을 쏟았다.

"진짜야. 정말 이상하게 경기하기는 했어."

유튜브에서 단체전을 중계한 덕분에 그녀의 모습은 가루타부 전원에 공유되었다. 나도 영상으로 다시 봤지만, 그녀가 뿜어내는 아우라까지는 전해지지 않았다. 그 방에서 홀로 기묘한 파동을 뿜어냈는데.

"개인전, 같은 B급인데 경기장이 다르네. 유감이야."

오노우에 선배가 프로그램을 넘기며 말했다. 나는 D급이라 개인전에서 싸울 기회는 없다.

"하지만 모르는 상대와 대뜸 데이트할까?"

"혹시 놀림당한 거 아닐까?"

"아무도 나타나지 않으면 니시우라가 너무 불쌍한데."

다들 제멋대로 떠들어댔는데 그 점은 나도 걸리는 부분

이었다.

"나루세 아카리, 오쓰시민 단카 대회에서 오쓰시 시장상도 받았대."

"앗! M-1 그랑프리에도 나왔어! 콤비 이름은 '제제카라'였고."

"지역 사랑이 무시무시해."

나도 스마트폰으로 검색해봤는데 오쓰시 시장 옆에서 상장을 든 초등학교 때의 나루세와 유니폼을 입고 파트너와 서 있는 나루세의 사진이 나타났다. 마스크를 벗은 게 더 귀엽다고 생각하면서 괜스레 혼자 부끄러워했다.

"어쩐지, 굉장한 사람 같아."

"니시우라, 이런 사람이 네 취향이었어?"

"아니, 딱히 좋아한다는 게 아니라고요."

나도 특정 여성에 특별한 감정을 품은 적 있었지만, 대개 몇 번 대화하다가 호감을 품는 게 일반적이었다. 이렇게 한순간에 좋아질 리 없다.

"그러고 보니 나루뽕이 미시간에 타자고 했어요."

유키토가 말하자 나루세의 새로운 정보를 얻었다는 듯 일동이 일제히 스마트폰을 조작한다.

"나루뽕이라고 부르지 마."

유키토에게 한마디 하며 나도 '오쓰, 미시간'으로 검색하자 비와호 관광선이 나타났다.

"이거, 데이트할 때 타는 거 아냐?"

"좋겠다. 나도 타고 싶다."

"이런 얘기보다 내일 연습이나 하자."

기분을 전환하려고 패를 들었다. 가장 위에 있던 패가 하필 '유라 해협을 건너는 선원이 노를 잃은 듯 그 행방을 모르는 게 사랑의 길일까'였다.

유키토와 함께 약속 시각 15분 전에 오쓰항 미시간 승선장에 도착했다. 나루세와 단둘이 만나기는 불안했던 터라 "일단 나도 같이 갈까?"라는 유키토의 제안에 덥석 매달렸다.

"니시우라의 데이트, 보고 싶은데!"

선배들은 안타까워하며 히로시마로 돌아갔다.

"오히려 안 와주는 게 더 좋겠는데."

"아니야. 나루뽕은 반드시 올 거야."

"너는 도대체 나루세의 뭐라도 되는 거냐?"

말끔한 옷을 챙겨오지 않아 지금 차림은 학교 교복 와이셔츠와 검은 바지다. 원래 자신의 일상복은 셔츠지만, 교복이 더 나은 듯도 하다.

오쓰항 근처의 비즈니스호텔에 묵은 우리는 체크아웃을 한 뒤 승선장으로 걸어갔다. 미시간 승선장은 가족 나들이객이 많았다. 버스 투어로 온 듯한 고령의 단체 관광객도 있다.

"우리는 11시 출발 90분 코스를 타려나?"

유키토가 티켓 판매소에 걸린 시간표를 보며 말했다. 매일 운행하는 크루즈는 하루 네 편으로, 주말이나 휴일에는 나이트 크루즈가 있다고 한다.

"기다리게 해서 미안하다."

소리가 나는 쪽을 보니 물색 원피스에 하얀 밀짚모자를 쓴 나루세가 서 있다. 며칠 전 본 검은 티셔츠에 검은 체육복 바지 차림과는 전혀 다른, 여름과 잘 어울리는 복장이었고 나루세에게도 잘 어울렸다. 내가 아무 말도 못 하고 있자 대신 유키토가 자연스럽게 상황을 정리했다.

"아니야. 우리도 금방 왔어."

"오늘은 날이 맑아 크루즈 타기 정말 좋은 날이다."

나루세는 비와호를 바라보며 흐뭇한 표정을 지었다.

"얼마 전, 상점가 복권 뽑기에서 미시간 크루즈 페어 초대권을 받았다. 둘이 오다니 마침 잘됐다."

나루세는 말하며 초대권 두 장을 보여줬다.

"어? 그거 우리가 써도 돼?"

"오쓰시민 훈장에 '따뜻한 마음으로 여행객을 맞이해요'라고 적혀 있다. 나로서는 여행객을 대접할 수 있게 되어 영광이다."

생면부지의 우리를 여기까지 부른 이유는 오쓰시 시민 훈장 덕분인 듯하다. 그렇게까지 충실하게 훈장을 지키는 시민이 있다니 놀랍다.

"내게는 오쓰시민 할인이 있으니까 신경 쓰지 마라. 교환해올 테니까 잠깐만 기다려라."

나루세는 창구로 향하며 말했다.

"미시간, 기대되네."

유키토의 모습을 보고 한 줌의 불안이 스쳤다.

"설마 너, 나루세를……."

이 남자의 원동력은 항상 여자다. 소꿉친구를 걱정하는 척하며 나루세를 노릴 가능성도 충분하다.

"설마! 그건 아니야."

유키토는 바로 그 자리에서 부정했다. 그건 그것대로 나루세에게 매력이 없다는 말 같아 짜증이 난다.

"두 사람을 방해하지 않도록 중간쯤 적당히 빠질게. 나루세의 승선 요금은 우리도 나눠 내면 되겠지?"

그 제안은 확실히 논리적이다. 내가 시원하게 요금을 내고 싶었으나 예기치 않은 숙박으로 비용 지출이 컸다. 돌아온 나루세는 우리에게 티켓과 선박 안내서를 건넸다.

"나루세의 요금, 우리도 낼게."

"아니다. 정말 신경 쓰지 않았으면 좋겠다. 그만큼 오쓰시 기념품을 사서 돈을 쓰고 가면 좋고."

너무나 여유만만해 혹시 미시간의 소유자가 아닐까 의심스러웠다.

"그럼 되겠네. 선배들에게 선물 사 가자."

유키토는 태평하게 대답했다.

호숫가에는 미시간과 '우미노코'라는 배가 정박해 있었다.

"우미노코는 시가현의 초등학교 5학년 학생들이 타는 현장학습용 배다. 비와호에 사는 생물이나 수질에 관해 배우고 카레를 먹는다."

인터넷에서 본 초등학교 시절의 나루세 모습이 떠올랐

다. 멀리 떨어진 시가에서 같은 시대를 보내고 있었다니 불가사의한 느낌이 들었다.

출항 10분 전이 되어 미시간에 승선했다.

"일단 3층으로 올라가자."

나루세를 따라 계단을 오른다. 유리로 둘러싸인 3층 방에는 무대와 자유석이 있는데 냉방이 잘 되어 시원했다.

"오늘은 날이 맑아 크루즈 타기 제일 좋은 날입니다!"

크루즈 가이드가 나루세와 똑같은 말을 해서 웃고 말았다. 출항 이벤트 후보로 나왔다 뽑힌 다섯 살 정도의 아이가 무대에 올라 출항을 알리는 징을 쳤다.

배는 오쓰항을 떠나 북으로 나아갔다. 4층 갑판에 오르자 시원한 바람이 불어왔다. 나루세가 의자에 앉아 나도 옆자리에 앉는다. 유키토는 상황을 살핀 듯 스마트폰으로 비와호의 사진을 찍으면서 보이지 않는 곳으로 사라졌다.

"여기서 멍 때리는 걸 좋아한다."

나도 나루세를 따라 건너편 경치를 바라봤다. 비와호는 얼핏 보면 바다처럼 보이는데 바다 냄새가 나지 않는다. 공기가 상큼하고 일단 배가 거의 흔들리지 않았다.

"나루세는 미시간을 자주 타?"

"그렇지는 않다. 1년에 두세 번?"

지역 관광지치고는 상당히 많은 편 아닐까. 히로시마에도 유람선이 있는데 어릴 때 가족과 함께 탄 게 전부다.

"아무리 타도 질리지 않는다. 좋은 배다."

나루세가 감정을 듬뿍 담아 말했다. 괜한 소리는 필요 없을 듯해 잠자코 하늘을 바라봤다. 나루세와의 사이에 흐르는 침묵이 편안하다. 무슨 일에든 꺅꺅 요란을 떠는 니시키기고의 가루타부 여학생들과는 완전히 다르다.

"니시우라와 나카하시는 오랜 친구인가?"

이름을 제대로 다 외우고 있는 게 뜻밖이라 발바닥이 근질근질해졌다.

"응. 유치원 때부터니까 끈질긴 인연이지."

"나도 늘 신세를 지는 소꿉친구가 있다. 미시간에 탈 상대가 없었으면 그 친구와 탈 생각이었다."

"그래? 왠지 내가 미안하네."

"괜찮다. 걔와는 언제든 올 수 있으니까."

어떤 사람일까? 상상이 커진다. 그 사람도 나루세처럼 말할까? 살짝 만나보고 싶어졌다.

"나루세는 언제부터 가루타를 시작했어?"

"고등학교에 들어와서."

나루세는 세 번의 대회를 통해 초단, 2단, 3단으로 쭉 올라왔다고 한다.

"어제가 B급 데뷔였는데 정말 힘들었다. 더 위로 올라가려면 아름다운 경기 자세를 연구해야 한다."

나루세는 시범이라도 보이듯 손을 움직였다.

"나루세의 목표는?"

"나는 2백 살이 될 때까지 살려고 한다."

가루타의 목표를 물었는데 장대한 목표를 듣게 되어 머쓱해졌다. 농담인가 해서 표정을 살폈는데 너무나 진지해 보였다.

"아니, 2백 살이라니……, 힘들 것 같네."

대놓고 부정하는 것도 좋지 않을 듯해 솔직한 감상을 밝혔다.

"옛날에는 백 살까지 산다고 해도 다들 믿지 않았을 거다. 곧 2백 살까지 사는 게 당연해져도 이상할 게 없다."

나루세는 생존율을 높이려고 평소에도 생존 관련 지식을 익히고 있다고 한다.

"내 생각에 이제까지 2백 살까지 산 사람이 없는 건, 그

때까지 살려고 한 사람이 없기 때문이다. 2백 살까지 살겠다는 사람이 늘어나면 그중 한 사람쯤은 2백 살까지 살지도 모른다."

느닷없이 이런 나루세가 좋다는 생각이 들었다. 인정했다고 해야 옳은 표현일까. 더 곁에서 더 많은 얘기를 듣고 싶다. 이대로 계속, 미시간이 비와호 위를 떠다니면 좋겠다. 시야 끝에 유키토가 우리 쪽으로 스마트폰을 대고 있는 게 보였으나 뭐라고 할 여유도 없다.

"나루세는 좋아하는 사람 있어?"

가령 없다고 하더라도 내게 기회가 있을까. 오늘 안으로 히로시마로 돌아가야 하고 자주 만나러 올 재력도 없다.

"그 말은 즉 좋아하는 마음을 품은 상대가 있다는 질문인가?"

"응."

"처음 듣는 질문이군."

나루세는 중얼거리고 이마에 손을 대고 생각에 잠긴다.

"그런 질문을 하는 걸 보니, 니시우라는 나를 좋아하나?"

새삼 너무 자신이 한심해 기괴한 소리를 내지르며 비와호

에 뛰어들고 싶었다. 괜히 돌려 얘기하지 말고 진심을 전하면 좋았을 텐데.

"미안해. 아무것도 아니……."

"이 짧은 시간에 내 어떤 부분에 끌렸는지 알려주지 않을 텐가?"

나루세가 내 눈을 보며 물었다.

"아무와도 닮지 않은 부분이려나."

생각보다 말이 먼저 나왔다. 적어도 이제까지 내가 만나온 여학생 가운데 나루세 같은 사람은 없었다.

"그렇구나."

나루세는 고개를 끄덕였다.

"그런데 오쓰에서도 나 같은 사람은 별로 없는 것 같다. 그런데 좋아한다는 말은 이제까지 들은 적 없다. 아무래도 니시우라의 마음을 당긴 어떤 부분이 있을 텐데."

나루세는 다시 눈길을 멀리 던졌다. 더 센스 있는 말을 던졌어야 했나. 조금 전까지 편안했던 침묵이 지금은 나를 나무라는 것처럼 느껴졌다.

"한 바퀴 돌았는데 굉장해."

유키토가 흥분하며 다가왔다. 도와주러 온 걸까, 아니면 단순한 우연일까.

"니시우라에게도 다른 장소를 안내해줘야겠다."

나루세는 아무 일 없었다는 듯 일어나 계단을 향해 걸어갔다.

1층으로 내려가자 상상했던 것보다 호수와 가까웠다. 느끼지 못했을 뿐 상당히 속도를 내고 있었다. 호수라고 하면 옅은 물색 이미지가 있었는데 자세히 보니 청색이라고도 녹색이라고도 회색이라고도 할 수 없는 색깔이었다.

"어쩐지 떨어질 것 같아 무섭네."

유키토가 말했다.

"만에 하나 떨어지면 근처에 있는 사람에게 구명 튜브를 던져달라고 하면 된다."

나루세는 울타리에 매달려 있는 구명 튜브를 가리켰다.

"만약 아무도 없으면 일단 아무 생각 말고 하늘을 보고 힘을 빼라. 인간은 공기를 마시면 몸의 2퍼센트가 뜨게 되어 있다. 코와 입만 나오면 죽을 일은 없다. 다만 담수는 바닷물과 달리 뜨기 어려우니까 주의할 필요는 있다."

나루세가 열변을 토하자 유키토는 의아한 표정으로 내 얼굴을 봤다.

"나루세는 2백 살까지 살기 위해 불의의 사고에 대비한대."

"2백 살?"

웃음을 터뜨린 유키토의 뒤통수를 한 대 갈기고 싶었다. 나루세는 익숙한지 별 대답 없이 호수를 바라봤다.

2층 선미로 이동하자 물레방아 같은 빨간 외륜(外輪)이 물보라를 일으키며 호쾌하게 돌고 있는 게 보였다. 나루세의 말에 따르면 외륜으로 움직이는 현역 선박은 세계적으로도 드물다고 한다. 외륜에 휘저어진 호수는 하얗게 거품을 일으켰다가 얼마 후 다시 원래의 잔잔한 호수로 돌아온다. 나와 유키토가 외륜을 들여다보는 동안 나루세는 조금 떨어진 곳에서 보고 있었다.

"왜 그래?"

"휘말리면 즉사라 너무 가까이 가지 않으려고 한다."

그렇게까지 말하니 우리까지 무서워져 난간에서 멀어졌다.

"과장이 심하네."

유키토의 말을 듣고는 이 녀석은 백 살까지도 못 살겠다고 생각했다.

크루즈 후반부에는 3층 무대로 돌아와 음악 라이브를

감상했다. 뮤지컬 곡과 디즈니 영화 음악을 미시간의 가수가 노래한다.

나루세는 리듬에 맞춰 어깨를 흔들며 손뼉을 쳤다. 나도 함께 손뼉을 치니 배와 하나가 된 듯한 기분이 들었다. 미시간 가수 하나가 나루세에게 말을 건다.

"흥겹게 들어줘서 고마워요!"

나루세와 함께 리듬을 탄 것이 한없이 즐거웠다.

90분의 여행을 마치고 미시간은 오쓰항으로 돌아왔다.

"정말 즐거웠어."

배에서 내린 순간 유키토가 말했다. 음악 라이브 내내 스마트폰을 만지작거린 걸 분명히 봤는데. 부아가 치밀었다.

"그거 다행이다."

나루세가 유키토에게 대답했다. 제대로 한마디 쏴붙이지 못하는 게 분하다. 유키토에게 스마트폰을 건네며 말했다.

"사진 찍어줄래?"

"기념사진이라면 내가 찍어주겠다."

그대로 푹 자리에 주저앉을 뻔했다. 나루세에게 나와 유키토는 여전히 똑같은 '여행객'에 지나지 않는 모양이다.

"아니야. 내가 나루세랑 사진 찍고 싶어."

"아아. 그래?"

나루세는 냉정하게 말하고 마스크를 벗었다. 우리는 미시간을 등지고 나란히 서서 유키토 쪽을 봤다.

"찍는다. 하나, 둘, 치즈!"

유키토에게 스마트폰을 건네받자 딱딱한 표정으로 브이사인을 한 나와 무표정한 얼굴로 똑바로 서 있는 나루세가 찍혀 있다.

"미안하다. 화장실에 다녀오겠다."

그렇게 대놓고 얘기하지 않아도 되는데. 그런 생각을 하며 건물로 들어가는 나루세의 뒷모습을 바라봤다.

"니시우라, 괜찮아?"

유키토가 내 얼굴을 쳐다보며 물었다.

"뭐가?"

"나루세 말이야, 평범하지 않잖아? 그저께부터 왠지 위화감이 있었는데 아주 괴짜인 것 같더라. 둘이 있을 때도 대화가 잘 되는 것 같지 않고……."

이 녀석은 아무것도 모른다. 도대체 어릴 때부터 나를 어떻게 봐온 건지. 그러나 나를 걱정해주는 마음을 알겠고 하루 더 체류까지 하며 어울려준 고마움이 있다. 유키토를 따라 두 손 든다는 선택지도 있겠으나 이대로 히로시마로 돌아가면 반드시 후회한다.

"미안하지만 나루세와 단둘이 있고 싶어."

"진심이야?"

유키토의 눈이 벌어진다.

"나루세의 어디가 좋아?"

"시끄러워. 나도 네가 누굴 좋아할 때마다 그렇게 생각하거든?!"

말하고 나니 좀 지나쳤나 싶었는데 유키토는 쓴웃음을 지으며 말했다.

"하긴 그래."

"자, 점심 먹으러 가자."

화장실에서 돌아온 나루세가 말하자 유키토가 한 걸음 나섰다.

"오늘 미시간에 태워줘서 고마워. 빨리 돌아가야 할 일이 있어서 나는 먼저 갈게."

"그래?"

나루세는 그다지 놀라지도 않고 대답했다.

"유감이지만 어쩔 수 없지. 꼭 다시 오쓰에 와주길 바란다."

"알았어."

"건투를 빈다."

유키토는 조그만 목소리로 말하고 자리를 떴다.

나루세의 안내로 근처 식당으로 이동했다. 유키토가 사라지면 불안해지지 않을까 걱정했는데 해방감이 더 컸다. 자전거의 보조 바퀴를 뗐을 때처럼 어디든 달릴 수 있을 것 같다.

"여기서는 미시간 승선권을 보여주면 10퍼센트 할인된다. 게다가 시가현에서 생산되는 기누히카리 쌀로 지은 밥을 무제한 먹을 수 있다."

나는 카레를 반찬 삼아 밥을 먹을 정도로 쌀밥을 좋아한다. 밥을 무제한 먹을 수 있는 식당이라니 나를 위해 선택했나 싶을 정도로 안성맞춤이었다.

"나루세도 밥 좋아해?"

"아주 좋아한다."

나루세의 말이 너무나 청량해 밥이 아니라 내게 하는 말이면 얼마나 좋을까 생각했다.

"내 추천은 오우미소고기 고로케정식이다."

오우미소고기 고로케정식이라는 말의 울림만으로도 밥 한 공기는 먹을 수 있을 듯하다. 밥과 장아찌, 된장국, 고로케, 달걀말이, 우엉조림이라는 백 점 만점의 음식이 나왔다.

"나카하시도 먹었으면 좋았을 텐데 유감이다."

나도 유키토를 돌려보낸 게 미안할 정도로 오우미소고기 고로케는 맛있었다. 바삭한 튀김옷에 부드러운 고기가 잘 어울렸다. 아까는 배가 고파 괜히 초조했던 모양이다. 녀석도 근처 어디서 맛있는 음식을 먹으면 좋을 텐데.

결과적으로 나는 커다란 밥그릇으로 네 그릇, 나루세는 두 그릇을 해치우고 가게를 나왔다.

"걷는 거 좋아하나?"

좋아하는지 싫어하는지 생각해본 적 없으나 적어도 싫어하지는 않는다.

"응. 괜찮아."

"그렇다면 잠깐 산책하자."

비와호를 따라 산책로가 있고 드문드문 걷는 사람이 있다.

"나루세는 오쓰시 어디 살아?"

"여기서 직선거리로 1킬로미터쯤 떨어진 곳이다. 여기까지 왔으니까 들를까?"

"뭐?!"

나루세가 어떤 집에 사는지 궁금하기는 했으나 만난 지 얼마 안 되는 남자를 함부로 집에 데려가지 않는 게 좋다고 이야기하고 싶어졌다.

"아니, 오늘은 안 가는 게 좋겠어."

"그래. 아무래도 멀리 돌아가게 되겠지?"

잘은 모르겠으나 다른 의미로 받아들인 듯했다.

"오우미신궁도 가깝고 좋겠네."

"아아. 유치원 때 소풍으로 이시자카선을 타고 도토리를 주우러 갔었다."

폭소를 터뜨리는 남학생 무리가 건너편에서 걸어왔다. 나와 나루세는 다른 이들에게 어떻게 보일까. 평소라면 의식할 필요도 없을 텐데 괜스레 긴장하며 지나쳤다.

무엇보다 나루세는 나를 어떻게 생각할까. 아까의 고백이 흐지부지된 게 영 께름칙하다. 나루세는 걸으면서 "비와호는 하천법 상으로는 1급 하천이다"라거나 "가장 깊은 곳은 수심이 104미터다" 같은 지식을 선보이고 있다. 역시 나는 여행객에 지나지 않나.

내가 끙끙 앓고 있는데 갑자기 나루세가 걸음을 멈췄다.

"고민이 있는 것 같구나."

내 생각이 읽혔나 해서 깜짝 놀랐는데 나루세의 눈길 끝에는 정장 차림의 남자가 호숫가 언저리에서 책상다리하고 먼 곳을 응시하고 있었다.

"저 남자, 호수에 뛰어드는지 주시하는 게 좋겠다."

"이런 대낮에?"

"대낮이라도 뛰어들고 싶은 사람은 뛰어든다."

우리가 조용히 이야기하고 있는데 그 남자가 벌떡 일어났다. 듣고 보니 비틀대는 모습이 마음에 걸린다.

"이런! 니시우라, 말리러 가자."

말보다 빨리 나루세가 달리기 시작했다. 생각보다 발이 빠르다. 나도 전속력으로 따라간다.

"잠깐만. 성급하게 행동하면 안 됩니다!"

남자가 나루세에 정신을 팔린 사이에 나는 남자의 몸통에 팔을 둘러 호숫가에서 떼어내려 끌어당겼다.

"자, 잠깐. 무슨 소리야?"

"비와호에 뛰어들려는 거 아닙니까?"

"안 뛰어들어!"

호통에 위축당해 나는 팔을 풀었다.

"너무 깊이 생각에 잠긴 모습이라 혹시 뛰어드나 싶었습니다. 죄송합니다."

남자는 불쾌한 듯 정장 매무새를 가다듬었다. 정수리 부분의 숱이 옅은데 얼굴만 보면 마흔 살 정도일까. 힘이 어느 정도인지는 대략 짐작이 가나 막상 성질을 부리면 위험할지도 모른다.

"……확실히 여기서는 죽으면 안 될 듯해서 포기하던 참이야."

남자가 부루퉁하게 말했다.

"진짜였어?"

나도 모르게 소리를 내고 말았다.

"용케 마음을 접으셨습니다."

나루세가 감격한 듯 크게 고개를 끄덕였다.

"너희들은 뭐야?"

"저는 나루세 아카리, 제제고교 2학년 학생입니다. 모두 제 판단에 따라 행동한 거니까 이 남자에게 책임은 없습니다."

"이렇게 덩치 큰 남자에게 붙잡혔는데 괜찮겠냐?"

"긴급 사태여서 어쩔 수 없었습니다."

나루세는 강하게 응대했다.

"이 근처에서 입수 자살을 시도하면 미시간의 외륜에 휘말려 사고가 될 수 있으니 중단하길 바랍니다."

나루세가 가리키는 끝에 미시간이 운항하고 있는 게 보였다.

"아무 말이나 적당히 둘러대고 있네. 네가 뭘 아냐?"

저렇게 화낼 힘이 있으면 자살하지 않겠다는 생각이 들었으나 사람 마음은 모르는 법이다.

"확실히 저는 인생 경험도 적고 당신의 고통은 모릅니다. 하지만 자살하기에는 너무 아깝다고 생각합니다."

나루세는 겁먹은 기색 없이 계속 설득했다. 어떻게 저리 당당할 수 있을까. 만약 남자가 나루세의 멱살이라도 잡으면 달려들어야 할까. 나도 무섭다. 더는 자극하지 않기를 기도할 뿐이다.

"어쩌면 당신이 2백 살까지 살 사람일지도 모르는데 여기서 죽으면 그 기록을 달성할 수 없지 않습니까?"

"2백 살? 무슨 소리야?"

"앞일은 모르잖습니까? 당신은 2019년에 도쿄 올림픽 연기를 예상했습니까?"

"궤변을 일삼는군!"

"괜찮으세요?"

경찰관 두 명이 잰걸음으로 다가왔다. 정신을 차리니 멀리서 사람들이 지켜보고 있다.

"다투고 있는 사람이 있다는 신고가 들어왔습니다."

"이 남자가 자살을 시도해서 말을 걸고 있었습니다."

나루세가 정장 남자를 가리키며 말했다.

"맞습니다. 깊은 고민에 빠져 있는 듯해서 말을 건 겁니다."

나도 어떻게든 도움이 되어야 할 듯해 가세했다. 남자가 무슨 말을 하려는 듯 입을 뻐끔거렸으나 말이 나오지 않는 듯하다. 당연히 그러겠지 하며 이상하게 공감하고 말았다.

"우리 같은 젊은 사람들은 어쩌지 못하겠다고 생각하던 중입니다. 그럼 잘 부탁합니다."

나루세가 정중하게 고개를 숙인다. 경찰관 하나가 남자의 혼란스러움을 알아차린 듯 다정하게 말을 걸며 어딘가로 데려갔다.

"당신 이름은?"

다른 경찰관이 나루세에게 말을 걸었다.

"저는 제제고교 2학년 나루세 아카리입니다. 이쪽은 히로시마에서 온 니시우라인데 이 일에 얽힌 사람은 저니까 제가 전면적으로 책임을 질 생각입니다."

우리는 질문 몇 개를 더 받고 풀려나 산책을 재개했다.

"니시우라가 있어서 다행이었다."

"나는 그저 보고만 있었을 뿐이야."

그보다 겁을 먹고 있었던 거지만, 나루세에게는 말하지 못했다.

"아니다. 아주 든든했다. 만약 무슨 일이 있더라도 니시우라가 몸으로 막으면 이기리라 예상했다."

여행객에서 보디가드로 지위가 상승한 듯하다. 어릴 때부터 밥을 잔뜩 먹어 덩치가 커진 보람이 있었다.

"아까부터 줄곧 생각했는데 나는 니시우라의 마음에 응할 수 없다. 지금은 내 일로 바빠 연애는 인생의 후반으로 미룰까 생각했기 때문이다."

절로 웃음을 터뜨리고 말았다. 그렇다면 앞으로 80년 정도는 기다려야 한다. 하지만 나루세가 열심히 고민해 대답해줘서 고마웠다.

"조금 전의 대화를 보고 더 나루세가 좋아졌어."

위험해 보이나 멋져서 눈을 뗄 수 없다. 틀림없이 직접 말하지 못했을 뿐 나루세를 좋아하는 사람이 근처에 있을 듯하다.

"진짜냐?"

나루세가 놀라며 목소리를 높였다.

"그런 일을 하면 대체로 '위험하니까 그만둬'라는 말을 듣는데."

그 말은 전례가 있다는 말인가. 하긴 경찰 대응도 능숙한 걸 보니 그랬겠구나. 절로 납득이 갔다.

"연애 같은 건 다른 사람 일이라 생각했던 터라 좋아한다는 말을 들으니 기분이 이상하다."

부끄러운 듯 눈길을 피하는 나루세가 귀여워, 마음을 전하길 잘했다고 생각했다.

제제역 개찰구까지 오니, 이 여행이 끝났다는 쓸쓸함에 휩싸이는 한편 이제 곧 이 긴장도 끝이구나 싶어 마음이 놓이는 기분도 있었다.

"나루세의 연락처, 물어봐도 돼?"

어느 타이밍에서 물어봐야 할지 몰라 여기까지 오고 말

앉다. 거절하면 어쩌지? 스마트폰을 든 손이 떨렸다.

"응. 괜찮다."

안심도 찰나 나루세는 갑자기 메모장을 꺼내 뭐라고 적어 건넸다.

"나는 스마트폰이 없다."

내 귀를 의심했다. 확실히 나루세는 한 번도 스마트폰을 만지지 않았다. 그러나 스마트폰 없이 어떻게 생활하지? 받은 메모는 붓글씨의 모범 같은 글자로 이름과 주소, 집 전화번호가 적혀 있다.

"스마트폰……, 없구나?"

너무나 큰 충격에 나루세의 말을 그대로 되풀이했다.

"아니, 부담 없이 가볍게 전화해도 된다."

아무리 친구라도 집에 전화 걸 일은 없다. 아마 걸지는 않으리라 예상했으나 그래도 나루세의 귀중한 개인 정보를 없앨 수는 없어서 반듯하게 둘로 접어 와이셔츠 가슴 주머니에 넣었다.

"오늘은 고마웠어. 정말 즐거웠어."

"그렇게 말해주니 기쁘다."

나루세가 악수를 청하듯 손을 내밀어 나는 바지 허벅지

에 손을 닦고 조심스레 양손으로 그 손을 감싸 쥐었다. 당연히 대부분의 사람은 나보다 손이 작지만, 나루세의 손은 생각보다 더 작아 안쓰럽게 느껴졌다.

안타까운 마음을 품은 채 나루세와 헤어져 플랫폼으로 내려갔다. 이제부터 재래선을 타고 교토역까지 가서 신칸센으로 갈아타고 두 시간만 가면 히로시마에 도착한다. 내년에도 오쓰에 올 수 있을까? 감개에 젖어 있는데 누가 등을 두드려 심장이 멎는 줄 알았다.

"수고했어."

나타난 사람은 유키토였다.

"너, 내내 따라다녔어?"

"응. 다들 너를 걱정해서 LINE으로 실황 중계했어. 경찰이 왔을 때는 어떻게 하지, 걱정했는데 그다음은 분위기가 괜찮더라."

더는 화낼 기운도 없다. 당분간 동아리 사람들은 이 일로 잔뜩 나를 놀려댈 것이다. 그렇다고 해도 오늘 일에 후회는 없다. 나루세가 적어준 메모가 제대로 들어있는지 주머니를 만져 확인한다.

"LINE은 제대로 교환했어?"

"나루세는 스마트폰이 없어서."

"뭐?"

유키토는 급히 동정하는 듯한 표정을 짓더니 내 어깨를 만졌다.

"요즘 세상에 스마트폰 없는 여고생이 있을 리 없잖아. 나루세는 잊고 새로운 사랑을 찾자."

나와 유키토는 플랫폼에 들어 온 교토행 전차를 타고 빈 자리에 앉았다.

"나도 끊임없이 경험했으니까 그 마음 잘 알아. 지금은 괴롭겠지만, 뭐든 상담해. 다 들어줄게."

계속 떠들어대는 유키토를 무시하고 눈을 감자 미시간에서 본 비와호의 풍경이 떠올랐다. 히로시마로 돌아가면 나루세에게 감사 편지를 써야겠다고 생각했다.

도키메키 고슈온도

나루세 아카리의 아침은 이르다. 4시 59분 48초에 눈을 떠 2초 후에 울릴 기상 알람을 멈추고 몸을 일으킨다. 면 백 퍼센트 잠옷에서 운동복으로 갈아입고 머리를 묶은 다음 부모님을 깨우지 않도록 조용히 세수하고 이를 닦고 선크림을 바르고 밖으로 나온다.

내일도 덥다는 예보대로 이미 햇빛이 강하다. 머리카락 이 모든 빛을 흡수한 듯 뜨겁다. 고등학교 입학 때 깎은 머리는 2년 4개월이라는 시간이 흐르면서 자라 빗장뼈까지 내려와 있다. 대머리에서 3년간 기르면 어떻게 되는지 알고 싶어 시작한 검증이었는데 일정한 길이로 동시에 자란 머리카락은 예상보다 너무 흉측해 미용실의 위대함을 새삼 깨달았다.

가능하면 자르고 싶었으나 동급생 오누키 가에데가 마지막까지 검증을 계속하면 좋겠다고 했다. 그때 오누키에게 그러겠다고 선언하지 않았다면 철회하고 머리를 다듬었을 것이다. 나루세는 오누키에게 감사했다.

비와호 호숫가로 나오자 아침형 인간 동지들이 걷기와 달리기를 하는 게 보인다. 나루세는 지나가는 사람에게 커다란 목소리로 "좋은 아침입니다!"라고 말을 건다. 무시당할 때도 있으나 대부분은 "좋은 아침!"이라고 대답해준다. 인사는 방범의 기본이다.

워밍업을 끝내고 2킬로미터 앞에 있는 오쓰항까지 달린다. 나루세는 추운 겨울보다 더운 여름을 더 좋아한다. 몸을 움직이기 편하고 땀을 잔뜩 흘리는 만족감이 있다. 그러나 최근 폭염의 기세는 무시무시하다. 7시에도 이미 열사병에 걸릴 위험이 있다고 해서 조금씩 시간을 앞당기다 보니 5시경이 가장 적합하다고 판단했다.

왕복 4킬로미터의 달리기를 마치고 집으로 돌아와 샤워

한다. 세탁기 돌리기는 나루세의 몫이다. 세제 뚜껑을 눈높이까지 들어 올려 양이 넘치지 않도록 정확하게 계산해 넣는다.

그 사이 부모님이 일어나면 TV 뉴스를 보면서 셋이 아침 식사를 한다. 나루세는 매일 아침 스스로 햄에그를 굽는다. 니시우라 고이치로가 보낸 히로시마 기념품 주걱으로 밥을 푸고 그 위에 햄에그를 올리고 간장을 부으면 완성이다. 곧장 식탁으로 가져가 뜨거울 때 먹는다.

"오늘은 5시부터 초등학교에서 도키메키 여름 축제 회의가 있습니다. 저녁은 먹고 올 테니까 필요 없습니다."

어머니에게 전하고 자기 방에 틀어박힌다. 여름철은 수험에서 가장 중요한 시기다. 가루타반은 은퇴했으니까 이제부터는 대학 입시에 조준을 맞춰 본격적으로 수험 공부를 한다. 제1지방인 교토대학은 언제나 A 판정이므로 이대로만 가면 무난하게 합격할 것이라고 담임은 말했다. 반 아이들 앞에서 언제나 "수험에 방심은 금물"이라고 엄포를 놓으면서 나루세만은 방심할 리 없다고 생각하는 듯하다.

작성한 일정표에 따라 문제집을 푼다. 나루세는 모든 과목에서 고르게 득점하고 있어 좋아하는 과목이라는 개념이 없다. 굳이 말하자면 정답이 명확한 수학을 좋아한다.

계속 앉아만 있으면 몸에 무리가 오므로 한 시간마다 팔굽혀펴기와 복근 운동, 스쿼트로 몸을 단련한다. 수험을 무사히 마치려면 체력이 필요하다.

근육 운동 후에는 벽에 붙인 포스터를 보며 눈 체조를 한다. 2백 살까지 살기 위한 기본 자질을 소중히 지켜야 한다. 음식을 먹은 다음에는 정성껏 이를 닦고 자일리톨 껌을 씹는다. 덕분에 충치는 하나도 없다.

점심 먹고 잠시 휴식을 취한 다음 공부하다가 회의 15분 전에 끝내고 집을 나섰다.

도키메키초등학교로 가는 도중, 오쓰 세이부백화점 터를 지난다. 15층짜리 건물, 레이크프런트 오쓰 니오노하마 메모리얼 프리미엄 레지던스는 올봄에 완성해 6월부터 입주가 시작되었다.

나루세는 완성 직후 건물에 한 번 꼭 들어가고 싶었으나 고교생 혼자 가봤자 상대해주지 않을 게 뻔해 부모님에게 상담했다. 어머니는 "끈질기게 영업당하면 곤란한데"라며 떨떠름한 태도를 보였으나 아버지는 선뜻 나서 건물 내부의 모델하우스 견학을 신청해주었다.

모델하우스는 12층에 있었다. 오쓰 세이부백화점은 7층짜리 건물이었으므로 과거에는 허공이었을 곳이다. 안으로 들어간 나루세는 자신이 세이부 상공에 떠 있는 느낌이 들었다.

남향 창문으로는 세이부 백화점 테라스에서 봤던 풍경과 같은 풍경이 펼쳐져 있었다. 비와호를 등지고 세운 곳이라 산이 보인다. 나루세의 집에서 보이는 풍경과 비슷한 듯도 하다. 오쓰 세이부백화점의 추억을 느끼지 않을까 예상했는데 대단한 감개는 느껴지지 않았다. 오히려 아버지가 신이 나서 음성 인식 가전을 조작하며 즐거워했다.

"아, 정말 새집이 좋더라."

집에 돌아온 아버지는 어머니에게 팸플릿을 보여주며 시시콜콜 설명했다. 나루세가 사는 아파트는 지은 지 20년 된 건물이다. 태어날 때부터 살아서 그리 낡았다는 인상은 없으나, 새 아파트와 비교하니 열악하다. 그렇다고 걸어서 3분 떨어진 곳으로 이사할 필요는 없음을 셋 다 알고 있다.

"굳이 이사한다면 더 편리한 곳이 좋겠어."

어머니는 이전, 세이부가 가까워서 이 아파트를 선택했다고 했다. 세이부가 사라진 지금, 이곳에 집착할 이유도 없을 것이다. 나루세도 제제역에는 신쾌속 열차가 서지 않으니까 신쾌속 정차역 근처에 살았으면 좋겠다는 생각은 있다.

그러나 어릴 때부터 산 도키메키 지역을 떠나기는 애석하다. 지금도 나루세는 도키메키 여름 축제의 실행위원을 맡고 있다.

도키메키 여름 축제는 매년 8월의 두 번째 토요일에 도키메키초등학교 운동장에서 이루어지는 지역 축제다. 학부모회와 자치회가 노점을 내고, 무대 행사와 추첨 이벤트가 열려 많은 주민으로 북적인다. 축제는 일주일 뒤로 다가왔고 오늘은 전체 회의 날이다.

레이크프런트 오쓰 니오노하마 메모리얼 프리미엄 레지던스 앞에서 건널목 신호를 기다리고 있는데 시마자키가 다가왔다. 동글동글한 느낌의 보브커트를 보고 어디를 어떻게 자르면 이런 형태가 될까 해서 뚫어지게 관찰하고 말았다.

"오늘도 덥네."

시마자키도 실행위원 중 하나다. 고교 1학년 때 반바공원에서 만담 연습을 하는데 실행위원장인 요시미네 마사루에게 스카우트되었다.

"제제카라라는 콤비가 있다는 말을 듣고, 도키메키 여름 축제와 딱 맞는다고 생각했어. 혹시 둘이 괜찮다면 종합 사회자를 맡아주지 않겠어? 대본은 우리가 만들 테고 회의 도 힘들면 안 나와도 돼. 무리가 없는 범위에서 해주면 되 니까."

도키메키자카의 요시미네 마사루 법률사무소는 알고 있 었는데 요시미네와 대면한 건 이때가 처음이었다. 나루세 의 부모와 같은 세대인데도 안경을 낀 어려 보이는 얼굴이 라 현역 제제고교 학생 같은 풍모이다. 나루세로서도 지역 주민과의 교류는 중요하다고 생각했기에 몇 마디 만에 오 케이했다. 시마자키는 거절하고 싶다면 얼마든지 거절해도 됐을 텐데 "나루세가 한다면 하겠다"라고 맡아주었다.

사회를 맡으면서 나루세는 요시미네에게 한 가지 요청했다.

"가능하면, 사회자용 의상을 준비해주지 않으시겠습니 까?"

똑같은 티셔츠라도 상관없다. 제제카라로 무대에 오를 때는 세이부 라이언스 유니폼을 입는데 둘 다 세이부 라이 언스 팬도 아니라 구단에 미안했다.

그런 사정을 전하자 요시미네는 도키메키 상점가의 야마

다스포츠의 협찬을 받아 오리지널 유니폼을 만들어주었다. 기본적인 색깔은 비와호를 연상시키는 물색이고, 문자 색깔은 하얀색. 가슴에 Zezekara라는 글자가 들어 있고 나루세의 등번호 1번에 NARUSE, 시마자키의 유니폼에는 등번호 3번에 SHIMAZAKI라는 이름이 새겨졌다. 소매에는 '도키메키 상점가' '야마다스포츠' '요시미네 마사루 법률사무소'라는 스폰서 이름이 새겨져 있다.

2년 전, 새로운 유니폼을 입고 임한 첫 번째 종합 사회는 별 탈 없이 끝마쳤다. 나루세는 원래 긴장하는 타입이 아니었는데 시마자키도 무대 체질인지 아주 훌륭하게 해냈다.

만들어준 유니폼은 올해 M-1 그랑프리에도 입고 갔다. M-1 그랑프리 공식 홈페이지에는 출전자 전원의 사진이 실리는데 오리지널 유니폼을 입은 제제카라의 모습도 볼 수 있었다. 스폰서 이름까지는 읽을 수 없으나 도키메키 지역을 대표해 나갔다며 상점가 주민들이 기뻐했다.

이렇게 제제카라는 도키메키 여름 축제의 종합 사회자로 자리를 잡아 올해로 세 번째를 맞이했다.

"나루세와 시마자키까지 와주어서 고마워."

둘이 도키메키초등학교 회의실에 들어서자마자 요시미

네가 말을 걸어왔다. 미음 자 형태로 배치된 책상에는 이미 몇 명이 앉아 있고 실행위원 중 하나인 이나에 게이타가 무표정을 유지한 채 페트병 차와 회의 자료를 자리에 놓고 있었다.

요시미네와 이나에는 어릴 적 친구라고 한다. 언젠가 시마자키가 "두 분은 만담 같은 거 안 하세요?"라고 묻자 요시미네는 웃으면서 "해보려는 생각조차 해본 적 없어"라고 대답했다.

"아카리, 얼마 전에 오우미일보에 실렸더라."

먼저 온 주류판매점 아주머니가 말을 걸어왔다. 얼마 전, 제제고등학교 가루타반을 오우미일보가 취재했다. 나루세는 주장으로 이름이 실렸고 단체 사진에서는 앞줄 중앙에 앉았다.

"아아, 보셨습니까. 고맙습니다."

나루세는 간단하게 대화를 끝내려 했다. 그런데 시마자키가 자연스럽게 대화를 이어 나갔다.

"굉장하죠? 나루세는 옛날부터 자주 신문에 실렸어요."

이 의사소통 능력에 나루세는 여러 번 도움을 받았다. 시마자키는 종종 "나루세는 굉장해"라며 칭찬해주는데 그런 시마자키야말로 굉장하다.

정각이 되자 요시미네가 앞쪽에서 일어났다.

"지금부터 도키메키 여름 축제 전체 회의를 시작하겠습니다."

회의에서는 축제 당일 일정을 확인했다. 제제카라는 종합 사회자로 무대 진행을 담당하고 나올 일이 없을 때는 본부 텐트에서 대기한다. 제1부는 유치원 아이들의 노래와 초등학생들의 춤 등 자유 발표, 제2부는 그림 대회 시상식, 제3부는 추첨 이벤트이고 마지막에는 모두가 운동장에 모여 고슈온도를 추는, 예년과 같은 진행이었다.

회의는 한 시간 만에 끝나 나루세와 시마자키는 빅쿠리 돈키*에 들렀다. 토요일 밤이라는 점도 있어서 가게 안은 아이들을 데리고 나온 가족 손님들로 붐볐다. 나루세는 늘 먹는 치즈 함박스테이크 세트와 미니 소프트아이스크림을 주문하고 시마자키는 계절 메뉴인 하와이안 로코모코**와 복숭아 파르페를 주문했다.

"어쩐지 오랜만에 만난 것 같네."

---

* 함박스테이크 전문 레스토랑
** 쌀밥 위에 함박스테이크, 달걀부침 등을 올린 음식

"한동안 가루타로 바빠서 그랬구나."

중학교 때는 함께 등하교해서 매일 얼굴을 봤는데 다른 고등학교를 간 후로는 정신을 차리고 보면 한 달 정도 못 볼 때도 있었다. 오늘은 회의 뒤에 같이 밥을 먹자고 시마자키가 제안했다.

"올해도 M-1 예선이 시작되었대. 유튜브에 동영상이 올라오면 기어이 보게 되네."

M-1 그랑프리에는 과거 네 번 출전해 모두 1회전에서 탈락했다. 관객들의 웃음소리는 매년 커진 듯했으나 합격선에는 도달하지 못한 모양이다. 작년 결과 발표 후 나루세가 "만담은 이제 일단 끝내자"라고 선언했고 시마자키도 "그러자"라며 받아들였다.

"지금 생각하니 오로라소스와 같은 대기실을 썼다는 게 대단했어."

"확실히 하기 어려운 경험이었다."

첫 도전 때 같은 그룹이었던 프로 개그 콤비 오로라소스는 순조롭게 출세하고 있다. 작년에는 M-1 그랑프리 준결승까지 진출해 패자 부활전에도 나왔다. 올해 4월부터는 MBS TV 심야에 〈오로라소스 DE 마리아주〉라는 프로그램을 진행하고 있다. 나루세는 매일 9시에 잠자리에 들어서 볼 수 없으나 TV 광고에서 이따금 본 적 있다. 간사이 각지의 명물이나 인기 음식점 메뉴에 오로라소스를 뿌려 먹으면서 게스트와 이야기를 나누는 내용인 듯하다.

M-1 그랑프리 이야기를 하고 있는데 음식이 나왔다. 나루세는 어릴 때부터 치즈 함박스테이크 세트만 먹는다. 로코모코를 먹는 시마자키를 보면서 가끔은 저런 메뉴를 주문해도 괜찮겠다고 생각한다.

나루세가 미니 소프트아이스크림에 파묻힌 떡을 퍼서 입에 넣으려는 순간이었다.

"나, 도쿄로 이사하게 되었어."

시마자키가 복숭아 파르페를 먹으면서 느닷없이 말을 꺼낸 바람에 나루세는 잘못 들었나 했다. 바로 반응하고 싶었으나 떡이 목에 걸려 넘어가지 않아 열심히 씹는다.

"도쿄에도 빅쿠리돈키가 있을까?"

이어지는 시마자키의 말에 잘못 들은 게 아님을 확인한다.

"그런 중요한 비밀을 숨겼나?"

나루세는 떡을 꼭꼭 씹어 넘기고 제일 먼저 떠오른 말을 내뱉었다. 오해를 부를 말이라 바로 후회했으나 이미 늦었다.

"나도 얼마 전에야 알았고 딱히 숨기지도 않았어."

시마자키는 불쾌한 듯 반론했다.

"그게 아니다. 숨겼다고 뭐라는 게 아니라 오늘 나를 만날 때까지 별다른 위화감 없이 태연히 지낸 게 대단하다고 말하고 싶었다."

건널목 앞에서 만났을 때부터 시마자키는 평소와 조금도 다름이 없었다.

"아직 시간이 좀 있어서 오늘 얘기하지 말까 했지. 아버지가 일하는 지사가 폐쇄되어 도쿄로 전근이라잖아."

당분간은 아버지 혼자 가지만, 원래 도시를 좋아하는 어머니가 도쿄에 산다는 데 신이 나서, 시마자키의 대학 입학에 맞춰 일가가 이사 가는 계획을 세웠다고 한다.

"아버지는 '이쪽 대학을 붙으면 혼자 남아도 된다'라는데 부모님을 따라가는 게 훨씬 편하기도 하고 나도 조금은 도쿄에 살아보고 싶은 마음도 있어서."

시마자키는 집에서 다닐 수 있는 시가나 교토대학에 갈 생각이라고 얘기했었다. 집이 이사하면 지망하는 학교도 바뀌는 게 자연스럽다. 나루세가 도쿄대보다 교토대를 선택한 가장 큰 이유도 '집에서 가깝다'라는 것이니 시마자키의 생각도 이해할 수 있다.

나루세는 아무 말 없이 물컵을 바라봤다. 지금이라면 염력으로 움직일 수 있지 않을까 해 눈에 힘을 줘봤으나 수면은 꿈쩍도 하지 않았다.

"어머, 미유미유 아냐?"

침묵을 깬 것은 대각선 자리로 안내된 여자 그룹이었다. 다섯 명 모두 사복 차림으로 낯선 얼굴이다.

"오늘 회의가 있다고 했지? 끝났어?"

사과 머리의 여자가 다가와 시마자키에게 말을 걸었다.

"응. 끝나서 저녁 먹고 있어."

필시 이 여자들도 내년 봄이면 시마자키와의 교류가 끝날 것이니 혼자 시마자키를 독점할 수는 없다.

"먼저 돌아갈 테니까 있다가 와라."

나루세가 지갑에서 음식값을 꼼꼼하게 계산해 꺼내 테이블에 놓고 일어섰다. 시마자키는 미안한 표정을 지었으나 나루세가 잠자코 고개를 끄덕이자 손을 흔들며 말했다.

"알았어. 그럼 또 보자."

빅쿠리돈키에서 집까지는 걸어서 3분이지만, 밤길을 혼자 걷는 일은 최대한 짧게 끝내고 싶다. 나루세는 전속력으로 달려 집에 와 목욕탕으로 직행해 욕조에 몸을 담갔다.

대학 진학으로 동급생과 멀어지는 일은 흔하다. 나루세의 주위에도 간사이 지역 밖의 대학을 제1지망으로 하는 사람이 있고 자취가 기대된다는 말을 듣기도 했다. 그러나 시마자키는 앞으로도 가까이 있으리라 믿어 의심치 않았고 가령 떨어져 산다고 해도 본가가 이 아파트인 한 계속 이어져 있으리라 생각했다.

한 가지 더 나루세가 발견한 점은 제제카라의 활동이 시마자키의 친구 관계에 영향을 미쳤다는 것이다. 오늘 상황을 보건대 시마자키는 친구들이 놀자는 제의보다 도키메키 여름 축제 회의를 우선시했다. 어쩌면 시마자키는 나루세와 어울리려고 이제까지 자신의 생활을 희생해왔을지 모른다.

목욕을 마치고 우유를 마시는데도 늘 느끼는 상쾌함이 없었다. 어머니는 식탁에서 스마트폰을 조작하고 있다.

"시마자키가 도쿄로 이사 간다고 했습니다."

"아니, 언제? 왜?"

"아버지 전근이라고 합니다. 대학 진학과 함께 도쿄로 간다고."

생각보다 짧게 설명이 끝나 자신이 품은 마음이 전해지지 않은 듯했다.

"섭섭하겠네."

어머니가 걱정스럽게 말했다.

둘의 만남은 2006년 12월로 거슬러 올라간다. 어머니가 생후 7개월의 나루세를 유아차에 태우고 세이부로 나가려던 중 아파트 입구에서 시마자키 가족과 마주쳤다. 아버지 품에 안긴 시마자키는 마침 조리원에서 퇴원하던 참으로 하얀 모자를 쓰고 노란 담요에 감싸여 잠들어 있었다고 한다.

나루세는 사용한 컵을 씻어 식기 보관대에 놓고 이를 닦은 다음 방으로 돌아왔다. 확실히 섭섭한 건 분명한데 그 한마디로는 정확하게 표현할 수 없었다. 늘 9시가 되면 저절로 잠이 왔는데 좀처럼 잠들지 못했다.

다음 날 아침, 나루세는 자명종 시계의 알람으로 눈을 떴다. 평소보다 2초 늦었다. 거기서부터 금이 가기 시작한 듯 무슨 일을 해도 기운이 나질 않았다. 평소처럼 경쾌하게 달리지 못했고 사람에게 인사해도 무시당했다. 세제를 흘리고 햄에그는 탔다.

더 곤란한 점은 수학 문제가 풀리지 않는다는 점이다. 평소라면 문제를 보자마자 풀이가 떠오르는데 샤프펜슬이 움직이질 않았다. 해답지에 나온 풀이를 이리저리 끄적여봐도 답으로 이어질 기미가 없다. 수학을 싫어하는 학생에게 있을 법한 이 상황은 나루세가 처음 느끼는 감각이었다. 그렇구나. 이런 상태라면 공부할 마음이 안 생기겠구나.

나루세는 샤프펜슬을 책상에 놓고 두 손을 뒷머리에 대고 천장을 올려다봤다. 시험 삼아 구구단을 암송했는데 끝까지 다 해낼 수 있었다. 풀이 공식도, 정리 해법도 술술 나온다. 정신을 가다듬고 다시 입시 문제를 풀어봤는데 역시 손이 움직이지 않는다.

시마자키가 이사 간다는 말을 들은 것뿐인데 이토록 엉망이다. 지금까지 너무나 당연했던 루틴이 얼마나 위태로운 균형 위에 성립되어 있었는지를 깨달았다.

노트에는 익숙한 필체의 수식이 나열되어 있다. 어제까지는 시마자키가 도쿄로 간다는 사실을 전혀 몰랐고 무엇보다 시마자키에 대해 생각조차 하지 않았다.

다른 과목도 전처럼 집중이 되지 않았다. 책상에 앉아 있기를 포기하고 특기인 겐다마를 해보았는데 가장 간단한 기술조차 제대로 되지 않았다. 수면 부족 탓이 아닐까 싶어 침대에 누워 시간을 보냈으나 머릿속이 소란스러워 잠이 오질 않는다.

시계가 10시를 가리켰다. 평소라면 순조롭게 문제를 풀고 있을 시간이다. 집에 있는 게 답답해 밖으로 나가기로 했다.

반바공원에서는 모자를 쓴 아이들이 놀이기구를 타고 있었다. 오늘은 흐려 그리 덥지 않다. 나루세는 빈 그네에 앉아 전력으로 그네를 타기 시작했다.

아이들의 떠드는 소리를 듣고 있자니 유소년기가 떠올랐다. 산 모양의 대형 놀이기구 정상에 나루세는 누구보다 빨리 오를 수 있었다. 미끄럼틀을 내려오면 머리를 양 갈래로 묶은 시마자키가 다가와 말했다.

"아카리, 굉장하다!"

시마자키를 생각하면 아무래도 감상에 젖고 만다. 그네에서 내려 공원을 나오자 건너편에서 토트백을 든 오누키가 걸어오는 게 보였다.

"어이, 오누키."

"왜?"

말을 걸자 오누키는 곤란한 듯한 표정을 짓는다. 아무래도 나루세를 싫어하는 듯한데 나루세는 오누키가 싫지 않으므로 멀리할 이유는 없다.

"수학 문제가 풀리지 않아 곤란하다. 뭔가 좋은 방법이 없나?"

나루세에게는 긴급한 과제였다. 오누키는 열심히 공부하니 좋은 방법을 알고 있을 것이다.

"무슨 소리야?"

"교토대학 입시 문제를 봐도 해법이 떠오르지 않는다."

오누키는 어이없다는 듯 숨을 내쉬었다.

"교과서 예제라도 풀어봐."

허를 찌르는 대답이었다. 교과서 범위는 이미 끝냈다. 수업 시간에도 주로 문제집을 풀고 있어서 이제는 교과서 표지 디자인조차 생각나지 않는다. 어디에 뒀는지를 생각하고 있는데 오누키가 말을 이었다.

"그리고 머리는 깎는 게 좋지 않겠어?"

"하지만 오누키가 깎지 말라고 하지 않았나?"

"그때는 그렇게 생각했는데 지금 보니까 너무 이상해……"

역시 오누키는 뭔가 다르다. 얼굴을 맞대고 이런 말을 해주는 사람은 오누키밖에 없다.

"오누키는 어느 미용실에 다니나?"

오누키는 고등학교에 들어온 뒤 헤어스타일이 변했다. 중학교 때는 곱슬머리를 하나로 묶고 있었는데 지금은 스트레이트 머리를 풀고 있다. 솜씨가 좋은 미용사가 잘라준 듯하다.

"어디든 상관없잖아? 저기 플라주에서 자르면 어때?"

오누키는 내뱉듯 말하고 잰걸음으로 사라졌다.

머리를 자르고 기분 전환하면 공부도 될지 모른다. 나루세는 반바공원에서 걸어서 1분 거리인 플라주로 갔다. 안에는 열 석 넘게 있었으나 생각보다 사람이 많았다. 어쩔 줄 몰라 가만히 서 있자 "8번으로 가세요"라고 안내받았다.

담당 미용사는 너무나 수다를 좋아하는 중년 여성이었다.

"이거, 내내 기른 거야?"

가볍게 물어왔다.

"중요한 걸 잊었습니다. 죄송하지만, 자 좀 빌려주십시오."

검증을 위해 대머리에서 길렀음을 알리자 미용사는 "그럼 재봐야지"라며 흥미를 드러내며 자를 가져왔다.

"톱은 30센티미터이고, 옆은 31센티쯤이네."

한 달에 1센티미터라는 설이 맞는다면 28센티미터일 텐데 그보다 조금 길다. 옆이 더 길다는 사실도 처음 알았다.

"젊어서 금방 자라는 거야. 그런데 얼마나 자를 거야?"

어깨를 넘긴 정도에서 가지런히 자르고 앞머리를 만들어 달라고 했다. 막상 자르고 나니 방의 커튼을 교체한 듯 기분이 좋았다. 커트 요금을 내고 집으로 돌아왔다.

수학 교과서는 이미 다 푼 문제집과 함께 쌓여 있었다. 펼쳐 보지 않아도 그다지 사용하지 않았음을 알 수 있었다. 펄럭펄럭 페이지를 넘기자 항목마다 예제가 배치되어 있었다.

나루세는 수학 I의 〈수와 식〉부터 차례대로 공책에 베껴 풀기 시작했다. 난이도가 낮아 재활에 딱 맞춤이었다. 풀다 보니 리듬을 타게 되어 손가락 끝까지 피가 통하는 느낌이 들었다.

수학 I 교과서를 다 끝낼 때쯤 갑자기 시마자키가 생각났다. 대머리를 했을 때도 보여주러 갔었으니 이번에도 보고하는 게 좋겠다.

엘리베이터를 타고 올라가, 시마자키의 집으로 가서 인터폰을 눌렀다. 문을 열고 나루세의 얼굴을 보자마자 시마자키는 놀라움에 소리를 높였다.

"앗, 머리 잘랐어?"

"28개월 만에 30에서 31센티미터가 자랐음을 알았다."

시마자키는 미간을 찌푸렸다.

"졸업식까지 기르는 거 아니었어?"

나루세도 머리를 자를 생각은 없었다. 오누키가 이상하니까 자르는 게 낫다는 말을 듣고 역시 그게 좋겠다 싶어 미용실에 갔다고 설명했다.

"자르면 안 되는 거였나?"

"안 될 일은 아니지만, 좀 실망했다고 해야 하나……."

시마자키는 불만인 듯하나 머리를 자를지 말지는 개인의 자유다.

"나루세는 그런 면이 있어. 개그의 정점을 목표로 하자고 해놓고 4년 만에 관두고."

"해보지 않으면 모르는 게 있으니까."

나루세는 그래도 상관없다고 생각했다. 잔뜩 씨를 뿌려 하나라도 꽃이 피면 된다. 꽃이 피지 않았더라도 도전한 경험은 모든 것을 비옥하게 한다.

"이번에도 머리를 자르지 않으면 덥고 추해진다는 사실을 알았다. M-1 그랑프리도 반바공원에서 만담 연습을 한 덕분에 여름 축제 사회를 맡았고. 절대 낭비는 아니었다."

"나루세가 무슨 말을 하는지는 알겠는데 나는 좀 답답해. 나는 끝까지 지켜볼 각오를 했는데 마음대로 그만두니까."

나루세는 자신의 등을 타고 식은땀이 흘러내림을 느꼈다. 돌아보니 짚이는 구석이 너무 많다. 나루세가 중간에 포기한 씨에서 시마자키는 꽃이 피기를 기대했을지 모른다. 이래서는 짜증이 나는 게 너무나 당연하다.

"미안하다. 내 이야기는 이게 전부다."

나루세는 어떻게 해야 할지 몰라 계단을 뛰어내려 집으로 돌아왔다.

좋은 쪽으로 향했던 기분이 다시 나쁜 쪽으로 밀려 돌아가버렸다. 나루세는 침대에 대자로 누워 천장을 올려다본다. 지금은 뭘 해도 잘될 것 같지 않다. 포기하면 잠이 올 듯해 눈을 감았다.

도키메키 여름 축제를 사흘 앞둔 수요일 밤, 나루세는 고슈온도 연습 모임에 참가하기로 했다.

연습 모임은 도키메키 여름 축제 전단 구석에 조용히 고

지된 이벤트이다. '고슈온도 연습 모임 8월 7일(수) 오후 7시~도키메키초등학교 체육관'이라는 글자에 저작권이 없는 오봉 춤 그림이 덧붙여 있다. 실행위원으로 참여해왔으면서 정작 여기엔 이제까지 한 번도 가본 적 없다.

"와! 나루세도 와주었네. 고마워."

요시미네의 환영이 약해진 마음에 스민다. 체육관에는 아이부터 어른까지 30명 정도가 모여 있었다.

"고슈온도는 에도 시대 시가현에서 시작된 민요입니다. 고슈 상인이 각지에서 노래해 시가 밖으로 퍼졌다고 합니다."

고슈온도 보존회의 해설을 듣고 강의를 들으며 춤을 배운다. 이제까지 나루세는 슬쩍 보며 따라 췄는데 진작에 제대로 배웠어야 했다고 반성했다.

"아가씨, 아주 잘 추네."

보존회 아주머니의 칭찬을 들으니 자신감이 회복되었다.

30분에 걸쳐 진지하게 춤을 췄더니 기분 좋은 피로감에 휩싸였다.

"수고하셨어요. 각자 아이스크림 하나씩 받으세요."

요시미네가 사람들에게 말을 걸자 그의 뒤에서 이나에가

아이스박스에서 아이스크림을 꺼내 긴 책상에 늘어놓았다. 어린아이들이 환호성을 지르며 달려가 원하는 아이스크림을 고르기 시작했다.

나루세는 도키메키 실행위원이라는 지위를 생각해 멀리서 바라보고 있었는데 이나에가 손짓했다.

"나루세도 어서 와요."

가리가리군 소다 맛은 살짝 녹아 부드러웠다. 모두에게 아이스크림이 돌아갔음을 확인하고 이나에도 파루무를 먹기 시작했다.

"오늘은 혼자네."

이나에는 "날씨가 좋아"라는 인사말 정도의 기분으로 말했을 게 분명한데 나루세의 마음은 저민 듯 아팠다.

"비밀인데 제제카라는 올해로 해산합니다."

어떤 반응이 돌아올까 궁금해 이야기를 꺼내 봤다.

"어? 그래?"

예상보다 1.5배 큰 목소리였다.

"대학 진학으로 헤어지게 되었습니다."

"아, 그래? 서운하겠네."

사교적인 위로가 아니라 정말 그렇게 생각하는 말투다.

"전혀 못 만나게 되는 것도 아니고, 또 새로운 만남도 있을 겁니다."

나루세는 이유 없이 자신을 옹호했다. 이런 말이 필요했는지 모른다.

"그렇지."

이나에는 고개를 끄덕였다.

"하지만 나는 좀 충격이네."

이나에는 잠시 말을 멈춘 뒤 덧붙였다.

"둘이 세이부로 TV에 나올 때부터 봤으니까."

"보셨습니까?"

저도 모르게 목소리가 커졌다. 이제까지 이나에는 실행위원의 하나로만 인식해 필요 최소한의 대화만 나누었다. 제제카라에 관심 있었다니 생각도 못 했다.

"마사루가 둘을 데리고 왔을 때는 정말 놀랐어."

이나에의 얼굴이 붉어졌다. 아버지 나이의 남자도 부끄럼을 타는 모양이다.

"실은 지금, 시마자키와 어색해져 오늘 혼자 참여하게 된 겁니다."

나루세가 말하자 이나에의 표정이 흐려졌다.

"음. 그런 일이 있었다면 얼른 화해하는 게 좋아. 나는 친구와 어색하게 헤어진 뒤 30년간 속을 끓인 경험이 있어."

"30년?"

30년 뒤의 나루세는 마흔여덟 살이다. 강산이 세 번 바뀔 때까지 시마자키를 만나지 못한다고 생각하니 두려워졌다.

"맞아. 30년. 세이부의 폐섬을 계기로 새회했어."

"시마자키에게 가봐야겠습니다!"

이나에의 답변을 듣자마자 나루세는 달리기 시작했다.

"시마자키, 얼마 전에는 내가 미안했다."

현관문이 열린 순간 사과하자 시마자키는 쓸쓸하게 웃으며 맞아주었다.

"전혀 무슨 소린지 모르겠으니까 순서를 갖춰 말해줘."

시마자키의 방에서 낮은 테이블을 끼고 마주 앉았다. 제제카라를 결성한 곳도 이 방이었다.

"지금, 고슈온도 연습 모임에 갔다가 시마자키와 어색해졌다고 했더니 이나에 씨가 얼른 화해하는 게 좋다고 조언해주었다."

"우리, 어색해졌어?"

시마자키는 짚이는 데가 없다는 듯 물었다.

"일전에 실망했다고 했잖나?"

"아, 그거! 나루세가 오누키가 시키는 대로 했다니까 짜증이 났어. 나루세가 허풍쟁이라는 건 훨씬 전부터 알고 있었고."

심한 소리를 들은 듯한데 선언의 대부분을 실현하지 못했으니 반박할 여지가 없다.

"게다가 나, 만담 재밌었나봐. 그래서 올해 M-1에 못 나간 게 섭섭해서."

원래 시마자키를 만담에 끌어들인 사람이 나루세다. 그렇게 생각해줬다니 의외였다.

"그렇다면 도키메키 여름 축제 때 하면 된다. 2분쯤은 시간을 받을 수 있을 것이다."

나루세의 제안에 시마자키의 표정이 밝아졌다.

"와! 그러자! M-1에 나가지 못한 만큼 지역 에피소드를 잔뜩 넣으면 어떨까?"

수첩을 준비해 바로 둘이 아이디어를 내기 시작했다. '헤이와도' '도키메키자카' '수험생'이라는 키워드를 적고 거기서부터 웃길 아이디어를 키워나간다.

어느 정도 아이디어가 완성되었을 무렵 시마자키가 말을

꺼냈다.

"그러고 보면 말이야, 제제에서만 하는 건데 '제제에서 왔습니다!'라는 시작도 바꿔야겠다. 일테면 '제제에서 세계로!'는 어떨까?"

시마자키는 오른손 검지를 세우고 가슴 위에서 대각선 위로 팔을 뻗었다.

"좋구나. 제제에서 세계로! 제제카라입니다!"

나루세도 검지를 비스듬하게 올리면서 말해보았다. 정말 세계로 날아오르는 듯해 기분이 상쾌했다. 그럴듯해 보이는 각도를 연구하며 거듭 외친다.

"그렇게 마음에 들어?"

시마자키가 웃었다.

다음 날, 나루세는 요시미네에게 전화를 걸어 만담을 하면 안 되냐고 물었다.

"꼭 해줘!"

요시미네는 곧장 수락하고 마지막 고슈온도 직전 시간을 주었다.

나루세는 만담 대본을 만드는 도중 다시 마음이 잡히는

게 느껴졌다. 시마자키와 같은 아파트에서 태어나고 자라 사이좋게 지낸 건 행운이었다. 시마자키가 곁에 없어도 함께 지낸 역사는 남는다.

대본이 완성되자 시마자키에게 가져갔다. 시마자키는 대본을 쭉 훑어보고 표정을 풀며 말했다.

"나루세의 아이디어, 느낌이 좋아."

둘이 벽을 등지고 서서 검지를 올리며 소리를 맞춘다.

"제제에서 세계로!"

"제제카라의 나루세 아카리입니다."

"시마자키 미유키입니다. 잘 부탁드립니다."

시마자키는 나루세의 상상보다 훨씬 더 편안한 리듬으로 바보 역할을 연기했다. 만담을 즐기고 있음이 전해졌다.

연기를 끝낸 두 사람은 고쳐야 할 부분을 자세하게 상의했다.

"헤이와도와 관련된 에피소드를 좀 더 넣을까? 입구 근처에 있는 자동 알코올 소독제가 너무 많이 나온다거나."

"나도 써봤는데 정말 많이 나오더군. 남으면 얼굴에 바르고 있다."

"어? 그거 웃기려는 거야? 아니면 진짜야?"

헤이와도 본사는 시가현 히코네시여서, 현의 모든 역에 지점이 있다고 할 수 있다. 집에서 걸어갈 수 있는 거리에 유서 깊은 점포가 있고 비와 TV에 매일 나오는 광고, 신문에 끼어 있는 전단 등 헤이와도의 존재를 느낄 기회는 많다.

"도쿄에는 헤이와도가 없다고 생각하니 좀 섭섭하다."

나루세는 2년 전에 방문한 도쿄를 떠올렸다. 많은 사람이 살아 상업시설도 충실하다. 헤이와도가 없어도 금방 익숙해질 것이다.

"그런데 시마자키는 어느 대학 시험을 보기로 했나?"

"그걸 아직 전혀 정하지 못했어. 내 성적이 너무 어정쩡한 탓도 있는데 선택지가 너무 많아도 힘드네."

시마자키가 꼽은 후보는 하코네 역전 마라톤 중계에서 이름을 들은 게 전부인 대학이라 정말 도쿄에 간다는 실감이 들었다.

도키메키 여름 축제 당일, 나루세와 시마자키도 3시에 집합해 회장 설치 준비를 도왔다. 세 번째라 대충 어떻게 진행되는지는 알고 있다. 무대가 완성되자 제제카라 유니폼을 입고 리허설을 했다.

이게 제제카라로서 마지막 활동이라고 생각하니 어쩐지 더 소중하게 느껴졌다. 마지막 무대임을 의식하니 울컥하는 마음이 들어 무대 밑에서 대기하는 동안 오늘 축제를 즐겁게 마무리하는 데 집중하자고 다짐했다.

시작 시각이 다가와 무대 아래에서 대기하고 있는데 첫 무대였던 중학교 2학년 때 축제가 생각났다. 그때 시마자키는 표정이 사라질 정도로 긴장했는데 지금은 편해 보였다.

"시마자키는 이제 긴장하지 않게 되었나?"

"그렇지 않아. 지금도 긴장하고 있어. 긴장에 익숙해졌을 뿐이지."

긴장을 모르는 나루세로서는 긴장에 익숙해질 수 있다는 점도 새로운 발견이었다.

"5시가 되었으니 슬슬 시작하자."

요시미네의 신호로 둘은 무대에 올라 마이크를 잡고 소리를 높였다.

"종합 사회를 맡은 제제카라의 나루세 아카리입니다. 잘 부탁드립니다."

"제제카라의 시마자키 미유키입니다. 잘 부탁드립니다."

무대 앞에는 곧이어 등장할 초등학생들의 보호자가 스

마트폰과 카메라를 들고 대기하고 있었다. 그 뒤에는 음식을 먹을 수 있도록 테이블과 의자를 놓은 공간이 있고 그 너머에 노점이 늘어서 있다.

"여러분, 오늘 이렇게 모여주셔서 정말 감사합니다."

"여름밤의 한때, 즐거운 축제로 만듭시다. 첫 순서는 실행위원장의 개회 선언입니다."

파란 핫피*를 입은 요시미네는 사방에 인사하고 선언했다.

"지금부터 도키메키 여름 축제를 개최하겠습니다!"

드문드문 여기저기서 박수가 나오는 상황도 예년과 같았다. 종종 "보러 가는 사람이 없잖아"라는 소리를 듣는데 박수를 보내주는 주민들의 마음을 무시해서는 안 된다고 나루세는 생각한다.

"첫 번째로 무대에 서는 것은, 도키메키초등학교 댄스 동아리 여러분입니다! 여름방학에도 모여 연습했답니다. 호흡을 맞춘 춤을 즐겨주시길 바랍니다."

둘은 무대에서 내려와 본부 텐트의 파이프 의자에 앉아 한숨 돌린다.

"더우니까 수분을 잘 보충해야 해."

---

* 일본 전통 의상으로 축제 참가자나 장인들이 입는 옷

이나에가 5백 밀리리터 스포츠음료를 두 개 건넸다.

"감사합니다."

나루세는 수분을 보충하며 회장을 둘러봤다. 춤을 추는 초등학생들, 아이들의 춤을 촬영하는 보호자들, 노점에서 음식을 사는 주민들, 뛰어다니는 아이들. 무사히 도키메키 여름 축제가 진행되고 있다는 느낌이 들었다.

두 번째 무대 발표는 아케비유치원의 연장반 아동의 노래였다. 아무것도 모를 듯한 아이들이 무대에 선다.

"저희도 아케비유치원을 나왔습니다. 12년 전, 도키메키 여름 축제에서 노래했는데 그립네요."

당시가 생생하게 떠오른다. 〈숫자의 노래〉를 불렀는데 마지막에는 다들 피곤해져 가사가 흐지부지되었다. 나루세는 그 와중에도 하나도 안 틀리고 또박또박 끝까지 노래했다.

"아케비유치원이 부릅니다. 〈내 믹스 주스〉와 〈무지개〉입니다."

조그만 아이들이 손짓하며 노래하는 모습을 보고 있자니 어머니가 된 듯한 기분이 들었다. 이 아이 대부분도 하나씩 도키메키 지역을 떠나겠지 하고 생각하니 가슴이 먹먹해졌다.

그 뒤로도 기라메키중학교의 관현악부와 마을 합창단, 지역 유지의 샤미센과 저글링 등 다양한 사람들이 무대에 올랐다.

이 사람들조차 내년에도 이곳에 있을지는 알 수 없다. 똑같은 사람들이 모이는 도키메키 여름 축제는 다시 열 수 없다. 그런 생각을 하니 눈시울이 뜨거워져 나루세는 서둘러 머리를 좌우로 흔들었다.

제1부 무대가 끝나고 제2부의 도키메키자카 그림 대회 시상이 시작되었다. 시상식은 주최한 그림 교실이 진행하므로 제제카라는 잠시 본부 텐트에서 쉴 수 있다.

"수고했어. 괜찮으면 이거 먹어."

주류판매점의 아주머니가 노점의 야키소바와 닭튀김을 가져다주어 감사하게 받아먹었다.

"매년 생각하는 건데 이 야키소바는 다른 데서 맛볼 수 없는 맛이야."

"그런가? 나는 별로 차이를 모르겠는데."

둘이 그런 대화를 나누며 먹고 있는데 부르는 소리가 들렸다.

"미유미유!"

"어? 다들 와줬어?"

얼마 전 빅쿠리돈키에서 봤던 여학생들이 시마자키를 찾아왔다.

"프로그램을 봤어. 만담한다며?"

"아, 응."

도키메키 여름 축제에 발걸음 한 그녀들에게도 감사의 마음이 솟았다. 평소 같았으면 절대 입을 열지 않을 상황이나 나루세는 자기도 모르게 자리에서 일어났다.

"내가 콤비인 나루세다. 아직 만담까지는 시간이 좀 남았으나 꼭 봐주길 바란다."

시마자키의 친구들은 나루세가 발언할 줄은 생각하지도 못한 표정을 짓고 있다. 선두에 서 있던 사과 머리 여학생이 당황이 섞인 미소를 지으며 대답했다.

"꼭 볼게요."

"그럼 있다가 봐."

일행은 시마자키에게 손을 흔들며 텐트를 떠났다.

"지금까지 정말 많은 일에 너를 끌어들였다."

나루세가 말하자 시마자키는 곤혹스러운 듯 되물었다.

"뭐라고?"

"얼마 전에도 저 친구들보다 여름 축제를 우선시하게 했다. 나 때문에 시마자키가 많은 걸 희생한 게 아닐까 생각했다."

시마자키는 웃으며 고개를 저었다.

"그건 아니야. 만담이나 사회 다 거절할 마음이 있었으면 거절할 수 있었어. 나루세와 함께라면 괜찮겠다 싶어서 한 거지."

"하지만 달성하지 못한 게 많아서……."

도중에 만담을 중단한 것도, 실험 도중에 머리를 자른 것도, 곁에 있어준 시마자키에 대한 배려가 빠져 있었다.

"나는 늘 즐거웠어."

시마자키의 평온한 표정을 보고 나루세는 잠자코 고개를 끄덕였다. 나루세도 늘 즐거웠다. 입 밖으로 꺼내면 모든 게 끝날 것만 같아 말할 수 없다. 멀리 떨어져 살아도 시마자키와 같은 하늘 아래 있다고 생각하면 해 나갈 수 있을 듯했다.

"다음은 제제카라의 만담입니다! 자, 시작하겠습니다!"

추첨 이벤트를 끝낸 요시미네의 부름에 따라 나루세와

시마자키는 무대에 올랐다. 중앙 마이크 앞에 서서 어두워진 하늘을 향해 검지를 올린다.

"제제에서 세계로! 제제카라입니다! 잘 부탁드립니다."

추첨 이벤트 직후라는 점도 있어서 무대 앞에서는 많은 사람이 걸음을 멈추고 봐주었다. 무대 조명 아래에서도 낯익은 이웃 주민과 시마자키의 친구들 얼굴이 보였다.

"우리, 올해 고3 수험생이에요."

"맞아요. 헤이와도 검정 3급을 따려고."

"대학 수험 얘기라고! 헤이와도 검정은 없어!"

"헤이와도의 명물 시간 알림 노래는 뭐지?"

"'테레텐텐텐테레텐텐텐'이라는 멜로디? 노래 제목이 뭐지?"

"정답은 〈SF22-39〉입니다."

"3급 주제에 덕후 기질이 상당하네!"

"1급은 발주부터 상품을 건네는 실기 시험이니까."

"자격시험이라기보다 사원 연수 아냐?"

"수험료는 물론 HOP 머니로 내죠."

헤이와도 만담에서는 대폭소라고 할 정도는 아니었으나 그런대로 웃음이 일었다. 나루세가 관객의 상태를 살피자

딸 대신 긴장한 듯 보이는 나루세의 어머니의 얼굴이 보였다. 그 옆에서는 시마자키의 어머니가 웃고 있다. 약 2백 년 뒤 죽기 전에 볼 주마등에도 이 모습이 있지 않을까 하는 생각이 들었다.

"이제 그만하자! 감사했습니다."

인사하는 두 사람에게 관객들이 박수를 보낸다. 제제카라의 마지막 만담을 도키메키 지역 사람들에게 보여주길 잘했다. 만족감에 가득 차 고개를 들자 이나에와 요시미네가 조그만 부케를 들고 무대에 올라왔다.

"수고했어요."

이나에가 얼굴을 붉히면서 나루세에게 빨간 부케를 건넨다. 시마자키는 요시미네에게 노란 부케를 받았다. 이것이 서프라이즈구나. 그런 생각이 들자 당황스러웠다. 꽃 선물을 받다니, 처음이었다.

"올해로 제제카라는 해산합니다. 응원해주셔서 감사합니다."

나루세는 양손으로 부케를 들고 감사 인사를 건넸다. 옆에 있는 시마자키에게 눈길을 돌리자 시마자키는 갑자기 한 대 얻어맞은 듯 경악의 표정을 짓고 있다. 그렇게 놀라지 않아도 되지 않을까 하고 생각한 다음 순간, 시마자키의 잔뜩 당황한 목소리가 마이크를 타고 회장에 울려 퍼졌다.

"제제카라, 해산해?"

"아니, 시마자키가 이사 간다고 하지 않았나?"

"나, 제제카라를 그만둔다는 말 한마디도 안 했는데? 여름 축제 때마다 돌아와 사회를 볼 생각이었다고!"

이번에는 나루세가 놀랄 차례였다. 기억을 되감아보니 시마자키는 도쿄로 이사 간다고 했을 뿐 제제카라의 진퇴에 대해서는 한마디도 언급하지 않았다. 무대 앞에 모인 사람들은 무슨 일이 일어났는지 몰라 당황한 채 이쪽을 보고 있었다.

"죄송합니다. 착각했습니다! 제제카라는 해산하지 않습니다!"

나루세가 마이크에 대고 한심한 수습에 나서자 시마자키가 웃음을 터뜨렸다.

"정말! 뭐냐!"

시마자키는 이제 웃는 일 외에는 할 게 없다는 표정으로 웃고 있다.

"앞으로도, 제제카라를, 잘 부탁드립니다!"

시마자키의 감사 인사에 맞춰 나루세도 고개를 숙인다. 주민들의 따뜻한 박수를 받으며 내년에도 제제카라로 이 무대에 설 기쁨을 곱씹었다.

"마지막은 고슈온도입니다. 춤을 춰준 꼬마들에게는 과자 선물도 있습니다. 여러분, 즐겁게 춤춰주세요."

나루세와 시마자키도 무대에서 내려와 춤추는 사람들의 원에 들어갔다. 초등학교 남학생 무리가 춤추며 "제제에서 세계로!"라며 제제카라 흉내를 내자 나루세도 "제제에서 세계로!"라고 응했다. 요시미네는 "내년 여름 축제도 부탁해"라며 나루세에게 손을 흔들고 이나에는 어색한 미소를 지으며 "왠지 미안하네"라고 사과한다. 시마자키는 친구들에 둘러싸여 "재밌었다"라고 칭찬받고 있다. 나루세와 시마자키의 어머니도 조금 떨어진 곳에서 춤추는 원에 들어가 있다.

밤하늘을 올려다보며 한숨 돌리고 있는데 고슈온도의 인트로가 들려왔다. 어느새 곁에 시마자키가 서 있다. 나루세는 한 손에 부케를 쥐고 온 마음과 힘을 다해 고슈온도를 췄다.

─ 나도 나루세 아카리 역사의 증인이 될 테다! ─

《나루세는 천하를 잡으러 간다》는 "2백 살까지 살 거
다!"라거나 폐점까지 한 달 남은 백화점 생중계에 매일 찍
히러 야구복을 입고 등장하거나 M-1 그랑프리에 출전하거
나 고등학교 입학식에 머리를 박박 밀고 나타나는 등 기발
한 아이디어와 황당할 정도의 행동력으로 주위를 놀라게
하는 여학생 나루세 아카리를 중심으로 지방 도시인 시가
현 오쓰시의 일상을 유머러스하게 그리고 있다.

제목에 등장하는 천하를 잡으러 간다는 말처럼 대단한
일이 벌어지는 것은 아니다. 늘 1등을 하고 비눗방울 크게
만들기 대회로 TV에 등장하고 툭 하면 조례대에서 교장에
게 온갖 상을 받는다고 해서 나루세가 인기인인 것도 아니

다. 그 종잡을 수 없는 행동에 친구들은 그녀를 멀리한다. 그러나 그것 또한 개의치 않는다. 나루세는 오직 자신의 길을 갈 뿐이다.

이런 나루세를 보며 기꺼이 나루세 아카리 역사의 산증인이 되겠다는 시마자키 미유키가 있다. 같은 아파트에 살아 태어날 때부터 친구로 어울리며 유일하게 나루세의 행동에 날카로운 지적을 날릴 수 있는 존재이다. 작품을 읽다 보면 어쩌면 나루세보다 시마자키가 더 특이한 유형일 수 있겠다는 생각이 들 만큼 나루세의 행동력에 은근히 모터를 달아주는 게 그녀다.

일명 '코로나 세대'라 불리는 나루세와 시마자키는 답답한 마스크를 쓰고도 가장 빛나는 청춘의 한때를 알차게 채워나간다. 매일 TV에 찍히는 친구의 모습을 녹화하거나 같이 그 공간을 지키기도 하고 공원 한구석에서 만담 공연을 하며 이들은 둘만의 시간을, 청춘을, 우정을 푸르르게 채색해 나간다.

매사 다른 이를 신경 쓰지 않는 나루세에게 은근히 짜증을 내는 오누키 가에데 같은 동급생도 있다. 왕따당하지 않으려고 매사 조심스럽게 교실의 역학관계를 살피는 오누키는 늘 당당하게 혼자인 나루세를 볼 때마다 마음이 불편하다. 그러면서도 그녀와 조금씩 얽히면서 자기만의 길을 하나씩 찾아 나가고 도시락 메이트 이상의 마음을 나누는 친구를 찾아내기도 한다.

한편 이 괴랄한 여학생에게 한눈에 반한 남학생도 등장한다. 청춘의 상징인 러브라인이 등장하는 순간, 나도 모르게 눈가가 풀어진다. 둘이 함께 탄 미시간호에 몰래 올라타 둘을 지켜보는 것처럼 가슴이 설렌다. 풋풋하지만 범상치 않은 인연은 언제까지 계속될까, 이렇게 끝내기는 아쉬울 정도다.

천상천하 유아독존 같은 존재인 나루세도 가느다란 인연으로 얽히고 얽혀 우리 사회 안에 단단히 뿌리를 내리고 있다. 또 그녀가 이토록 당당하고 발랄하고 반짝일 수 있는 것은 나루세를 지켜봐주는 넓은 품의 어른들이 있기 때문이다. 이상하다고 손가락질하지 않고 특이하고 사랑스러운 존재로 나루세를 지켜보는 그녀의 부모와 친구의 부모들, 그리고 그녀를 마을 축제로 이끄는 동네 유지 등 독특함을 이상하다 내치지 않고 더 빛나게 만들어주는 어른들의 넓은 사회 속에서 나루세는 하루를 시작하고 1년을 기획하고

2백 년 뒤의 미래를 꿈꾼다.

그 편안한 공동체 안에서 나루세는 오늘도 수없이 씨를 뿌리고 그중 어디서든 꽃을 피우면 그만이라는 대담한 자세로 2백 살까지 살 태세를 갖추고 있다. 나루세의 천하는 곧 우리가 살 천하이자 우리가 이루어야 할 따뜻한 천하일 것이다.

저자 미야지마 미나 작가는 이 작품이 장편 데뷔작이다. 어릴 때부터 작가가 꿈이었으나 39세의 나이에 비로소 작가 데뷔하며 오랜 꿈을 이루는 데 성공한 늦깎이 작가이자 주부다. 게다가 이 데뷔작이 발매되자마자 입소문을 타고 바로 중판에 들어갈 정도로 인기를 얻었을 뿐만 아니라 문단에 새로운 신성이 나타났다는 평단의 평가까지 거머쥐었다.

이 작품의 표제작인 〈고마웠어! 오쓰 세이부백화점!〉은 자신의 성을 여성으로 인지한 사람들이 집필한 작품을 대상으로 한 문학상인 R-18상에서 무려 3관왕을 석권했는데 이 상은 이제까지 우리나라에도 많은 팬을 거느린 마치다 소노코를 비롯해 많은 여성 작가를 배출해온 터라 더 관심이 집중되고 있다.

미야지마 미나 작가는 《나루세는 천하를 잡으러 간다》의 속편을 이미 쓰기 시작했고, 앞으로는 미스터리와 로맨스 소설도 쓸 계획이라고 밝혔다. 벌써 나루세의 또 다른 기행을 지켜볼 수 있다는 기대와 이 작가의 또 다른 스타일의 작품을 만날 생각에 가슴이 뛴다. 시마자키와 마찬가지로 나 역시 2백 살까지 이어질 나루세 아카리 역사의 증인으로 남고 싶다.

나루세는 천하를
잡으러 간다

나루세는 천하를 잡으러 간다

2024년 1월 5일 1판 1쇄 발행

지 은 이 미야지마 미나
옮 긴 이 민경욱
발 행 인 유재옥
이   사 조병권
출판본부장 박광운

편 집 1 팀 박광운 최서영
편 집 2 팀 정영길 조찬희 박치우 정지원
편 집 3 팀 오준영 이해빈 이소의
디자인랩팀 김보라 박민솔
디지털사업팀 박상섭 김지연 윤희진
라이츠사업팀 김정미 맹미영 이윤서
영업마케팅팀 최원석 박수진 박소연
물 류 팀 허석용 백철기
경영지원팀 최정연
발 행 처 (주)소미미디어
인쇄제작처 코리아피앤피
등   록 제2015-000008호
주   소 서울시 마포구 토정로 222, 403호(신수동, 한국출판콘텐츠센터)
판   매 (주)소미미디어
전   화 편집부 (070)4260-1393, (070)4260-1391 기획실 (02)567-3388
            판매 및 마케팅 (070)8822-2301, Fax (02)322-7665

ISBN 979-11-384-8123-6 (03830)